Enjoy是欣賞、享受，
以及樂在其中的一種生活態度。

再見,Ohara

陳芸英——著　李明陽——攝影

Ohara

一隻來自紐西蘭、
擁有拉不拉多與黃金獵犬血統的導盲犬。

狗狗的世界是沒有國界的，
沒有什麼能阻礙牠與人類的心靈交流。
牠的愛，使視障者的生活撥雲見日，
牠的出現，是上帝送給人類最好的人生禮物。

小時候的Ohara，
可愛得讓紐西蘭寄養家庭的孩子們念念不忘。

飄洋過海

才出生沒幾個禮拜，牠就知道，自己此生的職志，是為視障者從事導引工作。
但牠不知道，牠將來到一個喚作「台灣」的島嶼，來到國瑞的生命裡。

國瑞每個最細微的小動作，
都逃不過Ohara的觀察。

從沒想過，自己的生活竟仰賴在一隻導盲犬身上；
國瑞與Ohara培養了濃得化不開的情感，
每分每秒的喜怒哀愁，他們都互相分享。

Ohara是我哥兒們

我想讓你知道，無論你身在何處，在我心中，你永遠是最重要的。
如果可以，未來的路，我們要一直像這樣，慢慢走……慢慢走……

若問國瑞，「你跟Ohara之間的關係像什麼？是像『朋友』呢，還是像『父子』？」他總說，「我和Ohara是哥兒們」。

無聲的陪伴，如一陣暖流

有一次，我對Ohara訴苦時，Ohara舔了舔我的手，
彷彿也正凝神領聽，接著叨來玩具，要我陪牠玩。
那意思彷彿在說：「別害怕，你有我呢。」

不要道別

「退休」是每隻導盲犬終將面對的宿命。
Ohara十四歲了，
對國瑞而言，這意味著
即將以某種方式失去Ohara……

Ohara，再見

像這樣對Ohara說著心事的機會不會再有了

如果永遠沒有分離，
能夠有你的陪伴是多麼的幸福……

謝謝你

回首悲歡歲月，之所以不孤單，是因為有你。
謝謝你，愛我比愛你自己更多。
能夠遇見你，是我一生中最美好的事。
我永遠不會忘記。

【推薦序】

讓愛延續⋯⋯

文／陳長文（律師、法學教授、紅十字會終身志工）

　　每一個感人故事的背後，都有觸動人心的主角。看見「Ohara」遠遠的走來，穩定的步伐中，顯露著英俊挺拔的氣宇，牠是台灣第二隻導盲犬，來自紐西蘭皇家導盲犬中心。手持導盲鞍的男主角張國瑞，是視障界的科技菁英，這位系統工程師發明了「盲用電腦」，造福了全台灣的視障朋友，搭起了明眼人與視障朋友間的距離。

　　生於南半球的「牠」和成長於北半球的「他」，因緣際會的相遇，這是老天爺的安排?!「牠」和「他」共同寫下了深切信任、禍福與共、賺人熱淚的故事。

　　黎巴嫩文豪紀伯倫曾說：「我用我聽覺的眼睛，看到了我愛的世界。」

　　「牠」，Ohara，陪伴著「他」，張國瑞的十年間，「他」亦步亦趨放心的走在『牠』旁邊，聆聽四季的變換，搭公車、搭捷運、搭飛機，到國家音樂廳欣賞音樂會，到醫院探視生病的父親，和同好打盲棒，Ohara幫忙談戀愛，一同到各地演講，參加街頭募款活動，上班、下班、爬山、玩水都難不倒這對team mate。這十年間的日子也不全然都是快樂的，剛開始國人對導盲犬的陌生，司機、餐廳、公共場所時有刁難，但也在台灣導盲犬協會及各界的努力下，社會大眾漸漸對導盲犬從拒絕到接納。

　　今年為台灣導盲犬協會成立十週年，長文擔任終身義工，有幸目睹國內導盲犬制度的推廣。歷經十年寒暑的努力，導盲犬數目從十年前的個位數成長到上百隻，其中或有在服役，或有在訓練中者。

　　第一批導盲犬也有幾隻相繼傳來因年齡老化而離開我們的訊息（人類的一天是狗狗的七天）。導盲犬的培育是需要有特定血統純種犬所繁殖而來，成功的培育一隻導盲犬，其中背後的付出，是聚集了工作人

員、寄養家庭、寄宿家庭、收養家庭、義工以及社會大眾無數的歡笑淚水與不求回報的愛心投入所換來的。

導盲犬是視障朋友「聽覺的眼睛」、「觸覺的眼睛」以及「知覺的眼睛」。有了導盲犬的愛心陪伴，視障朋友可以無畏無懼的天天出門，越走越遠……；給了視障朋友更多的勇氣與自信去面對無限的未來。同時也喚醒社會大眾對於視障者的關懷及對於導盲犬的感恩。

世界上的先進國家，皆有立法明文保障視障者與導盲犬的行路權，國外有許多視障者在各自的專業領域中獨佔鼇頭，他們可以帶著導盲犬參加國際會議，不致擔心任何交通住宿等問題；協會也在各方的努力下，建立了導盲犬的制度與規劃，96年7月修正「身心障礙者權益保障法」；97年1月修正「合格導盲犬導盲幼犬資格認定及使用管理辦法」，台灣導盲犬協會的努力有目共睹。

另外，我們很高興指出，協會行有餘力，還捐贈導盲犬給香港導盲犬機構。

展望未來，台灣導盲犬協會經歷十年的基礎發展，並將導盲犬的觀念逐漸導入台灣，為期落實導盲犬計畫在台灣的本土化與永續發展，能

有效的提供在台灣的視障朋友除了白手杖以外的另一個選擇，是大家共同努力的目標。

如果我們遇到導盲犬時，我們應該怎麼做呢？

「三不一問」：

不餵食：絕對不要以食物吸引或餵食導盲犬。

不干擾：不要在使用者沒有同意的狀況下，干擾（包括撫摸）導盲犬。

不拒絕：保護導盲犬可以自由進出公共場所、搭乘交通運輸工具。違反這項規定會受到處罰，也是欠缺同理心的行為。

主動詢問：當你遇到視障朋友猶豫徘徊不前時，希望你主動詢問是否有需你協助的地方。另外如果你也想要認識導盲犬時，也請你先徵求主人的同意！

道別，是多麼的不容易。導盲犬把自己的黃金歲月奉獻給了視障朋友。Ohara退休後，在收養家庭過著開心的日子。相遇是一種幸福，Ohara帶給大家美好的回憶，是老天爺給的禮物，Ohara讓大家學習到的

是，我們擁有真善美的社會。

　「讓愛延續」……，往前踏一步，生命中的愛和希望就在不遠處。

　　　　　　　　　　　　　　　　二〇一二年八月

【作者序】

愛與信任的故事

文／陳芸英

　　我喜歡說故事。記得多年前曾跟朋友講一個感人的故事，這朋友也覺得故事很棒。但隨後反問我：「你為什麼不寫下來？」

　　我在淡江大學盲生資源中心兼職，與國瑞是近十年的同事。二〇〇九年年底的某一天，我跟國瑞和Ohara一起下班。那天是陰天，風有點大，我們逆風而行，Ohara走得很慢，國瑞也顯得悶悶不樂，我們走走停停，為了配合牠的腳步，我一步分兩步走。

　　但Ohara平常可是健步如飛呢！「你們是怎麼了？」國瑞滿臉愁容的說：「威廉（台灣導盲犬協會祕書長）要Ohara退休，我跟他有些

argue⋯⋯」那時他父親剛去世,接著可能失去猶如親人般的狗,感覺對他的生命是一種剝奪。

我想繼續追問Ohara退休的事,但國瑞臉一沉,不想再談了,沿路緘默不語。

就在這時候,有個聲音輕輕的溜進我心底,「寫吧,別錯過好題材喔!」那個聲音跟眼前的氣氛成反比,但那個聲音又很調皮,不時在我耳邊跳躍,「Ohara要退休了!好戲要登場囉!」

這不是我第一次寫Ohara的書。二○○一年,牠來台灣的第三年,為了記錄特殊的導盲犬如何執行任務,如何把牠對人類的奉獻與忠誠帶進台灣社會,我寫了一本《讓我做你的眼睛》。由於Ohara的出生、由來、來台過程、與主人一起經歷的事⋯⋯都是無法改變的事實,也不可能有第二種版本,所以這一本與前一本有部分內容是重複的。

不過,書寫初期並不順利。國瑞是個感情豐富的人,在講到父親過世和Ohara離開的情節時,常常淚如雨下,不能自已。這是殘酷的訪問,我得撕裂他好不容易結痂的傷口,才能得到答案;但我並不希望如此。

　　我突然想到一個方法，「也許，夜深人靜，你會有想說的話，那麼，可以錄下來，把聲音檔寄給我嗎？」他覺得這主意不錯。沒多久，我果真收到他的e-mail。當我把他的一言一語轉換成一字一句時，我的淚水簌簌落入鍵盤，國瑞毫不掩飾的真情流露，是我後來改弦易轍，把「父子情」放大處理的原因；雖然導盲犬令人尊敬、惹人愛憐，但親情更能打動人心。

　　不過這是插曲，主角還是導盲犬Ohara。

　　牠來自紐西蘭，一出生就知道自己此生的職志是為視障者從事導引工作；狗的世界沒有國界，因此不會阻礙牠與人類的心靈交流，牠的愛使視障者的生活撥雲見日，牠的出現，無疑是上帝送給國瑞最好的人生禮物。

　　然而，歲月不饒人，Ohara不知不覺的老去，牠步履蹣跚，該是退休的時候了。但國瑞非常不捨，本書記錄的正是他面對分離時的種種難題。

　　原本書中的架構在Ohara找到台中的收養家庭就要收尾了，但我到Julia（收養家庭女主人）家採訪後，親眼目睹她如何照顧Ohara，我訝

異忙碌的男主人親自為牠自製階梯上車、帶牠外出踏青還為牠準備可愛的小背包、講話更是輕聲細語……Julia夫婦給了牠燦爛的晚年，連國瑞都沒料到Ohara能遇到這麼好的事；於是我決定擴大篇幅記錄這些點點滴滴，目的是想讓以後的收養家庭知曉，曾經有這麼一對夫妻，如此無怨無悔地付出愛心，悉心照顧退休的導盲犬。

Julia和國瑞是協助我完成這本書的兩大功臣。

Julia雖然是受訪者，但時常提供不錯的觀點和建言給我；她的個性樸實率真，文字付梓之前，我將稿子傳給她校正，連多加一句的讚美都被打回票，「抱歉，我沒你寫的那麼好耶，那一句稱讚請刪掉喔！」我能想到對她的感激和敬意是英文文法裡的「最高級」。

另一位是國瑞。我非常感謝他對我的信任，把這麼棒的故事交由我執筆。他受訪時總是知無不言，言無不盡，最重要的是他願意把想法全都提供給我；雖然他看不到，但「觀察入微」，很多事情在他的描述後總變得立體，或經由他的闡述變得有意義；國瑞善於剖析自己的心境，我才能把他和Ohara的感情刻畫出來。我猜他內心深處也想為Ohara留下些什麼，至少以文字填補缺漏事項或難以言喻的感情吧！

　　我喜歡這個故事，我欣賞故事裡的人物和角色，我敬佩他們為導盲犬付出的一切，寫作生涯有幸寫到這些，我感到無比的榮幸。

　　唯一的遺憾是一直與我合作拍攝 Ohara 的攝影明陽，不幸因心肌梗塞驟逝，以至於無法與他分享成果，而他也來不及看到自己的作品。明陽不僅是我的工作伙伴，也是我的好朋友，他的離去對我是重擊。我很懷念他，他的熱情、敬業與謙和的態度連 Ohara 都喜歡，相信牠也懷念他。

　　回顧書寫過程，我腦海裡的畫面常停格在國瑞即將失去 Ohara 那最痛苦的時刻；那時的他生命像破了一個大洞。但一年多以後，他因 Ohara 享受著無憂無慮的退休生活而重展歡顏，逢人就誇讚現在這隻導盲犬 Effem 有多麼棒；這短短兩年的心情轉折一定讓國瑞從中體會，生命之所以豐富，是因為光明和黑暗、快樂和悲傷能交織成趣。

　　截稿之前我特地問國瑞，要不要為這本書寫個序？他說：「不用了，我要說的話都在書裡了。」如果你能從書裡挖掘一些愛與感動，那麼讓你受益的是一隻導盲犬，牠的名字叫 Ohara。

再見，Ohara

目錄

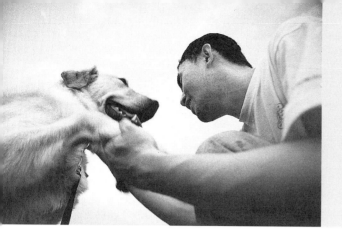

再見, Ohara

目錄

/ 退休前的低氣壓

　　秋末時節，淡大校園已鋪上冬天布景，傍晚的天氣多了點寒意。他踩著沙沙作響的落葉來到國瑞辦公室，他叫陳長青——台灣導盲犬協會的祕書長，國瑞都喚他的英文名字威廉（William）。

　　威廉第一次來這裡是在十多年前，也是秋末初冬。走在同一條路，他的心情截然不同。當時Ohara才一歲多，是一隻活力充沛的導盲犬；如今已屆退休年齡。

　　離下班時間僅剩十分鐘。

　　趴在地板的Ohara見到威廉，從桌下爬出來，興奮地搖著尾巴，拍得劈哩啪啦響；畢竟威廉是Ohara在紐西蘭的訓練師，同是國瑞和Ohara的指導員，彼此的關係不言可喻。

　　五點半，他們一同走進校外的一家簡餐店。

　　威廉很關心Ohara，仔細詢問牠的近況：「牠的健康有沒有出現問題？」「最近走路會不會比較慢？」「上樓梯的腳步有變得沉重嗎？」

「上廁所的時間有沒有拉長？」「對新事物會表現出意興闌珊的樣子嗎？」國瑞覺得有時候的確如此，不過大體上還好；此外國瑞趁機糗了Ohara說，牠剛來時，常常五點多搶在他起床前起來，像是等待服務主人似的；現在年紀越大，睡的時間越來越久，「反而是我刷牙洗臉完畢叫牠起床，牠才起來。」

威廉會心一笑，問他有沒有帶Ohara做健康檢查？

國瑞說，有一次Ohara沒胃口，精神不濟，他警覺出狀況了，趕緊帶去診所，醫生嚴肅的為牠驗血，結果發現牠的腎臟指數過高，後來吃藥痊癒了；「那一陣子牠大便不順，常在草坪上一直繞圈圈，聞來聞去，很久才會有想上大便的fu，但當牠一直走一直聞的過程中，也可能吃到一些髒東西，應該是這個緣故。」

國瑞下個結論，「小的毛病是有，大的問題倒沒有。」

那一次的聊天很愉快，國瑞當面對威廉的關心表達感激之意。

十幾天後，威廉再度造訪，這下國瑞感覺不妙了。他們約在同一家餐廳，用餐到一半，威廉清了清喉嚨，起了頭，「Ohara已經十二歲，應該要幫牠準備一下了……」國瑞仔細聆聽，並帶著質疑的口氣反問，「準備什麼？」空氣頓時為之凝結。

 退休前的低氣壓

為了讓Ohara退休，協會花了很長時間處理國瑞的問題，由於他與Ohara互相依戀，用情太深，使得退休一事一延再延；威廉打定主意讓此事落幕，於是小心翼翼的說出「退休」兩個字。這是個痛苦的決定，但別無他法。

「退休？」國瑞的心像被刀刺了一下，眉頭緊蹙，「你說要讓Ohara……退休？」

威廉不敢直接回應，他停頓了好一會兒，緩緩的說：「一般導盲犬大約工作到十歲，Ohara已經十二歲了，該是功成身退的時候了。」他刻意壓低聲調，不想刺激國瑞。國瑞聽了非常反彈，激動的說：「牠走得動，到現在都能跑、能跳，全身帶勁，看不出什麼病態，我不認為牠已經到了退休年齡。」接著低頭咀嚼著食不知味的餐點。

其實「退休」這件事之前的訓練師董芳芝提過，當時國瑞沒當一回事；然而威廉是協會的最高主管，由他提出來，感覺是來真的，當下國瑞的腦海一片天旋地轉，他心底直覺的反應就是不想讓牠退休，於是努力的說出一串理由，企圖為Ohara的健康辯護。

他舉例說，Ohara進淡水捷運站都走固定電梯，下車後不管是樓梯、手扶梯還是電梯，牠就直接帶他往最近的地方走，有時會一百八十

度轉頭往後走，國瑞很訝異，因為導盲犬的訓練都是往前走，但近幾年牠會前後看，這可不是他下的指令，而是牠自己的意思。國瑞說，這些動作表示Ohara會思考，還在進步中，且思慮更加成熟。他再舉上一次驗血腎臟指數很高的例子說，如果是退化，Ohara不可能百分之百的好起來。儘管Ohara有時候的確比較沒活力，但只要國瑞鬆開狗鍊放牠free run，牠跑的速度還是很快，跟年輕小夥子一樣。還有，「這是最近的事。我帶牠出去跟朋友吃飯，去的時候牠走得好慢，走幾步路要停好幾次；可是要回家吃晚餐了，牠好高興，健步如飛；而且牠到現在都愛玩玩具，很多年紀大的狗都不想玩了，但牠對有興趣的事顯得非常興奮⋯⋯」

國瑞準備豐富的內容反擊威廉，那意思像在質問，「你聽了Ohara的近況，還執意要牠退休嗎？」

威廉沉默不語，似乎沒有改變主意的企圖，國瑞按捺不住，提高聲調：「老實講，有些導盲犬根本沒在工作，別說工作狀態，連規矩都沒有，牠們為什麼不退休？比Ohara更應該退休的導盲犬應該有好幾隻吧？」他氣急敗壞，這話像是從喉頭深處噴出的怒火。

他不給威廉插話的機會，繼續說：「我就是心理不平衡啦，你們該

處理的都沒處理，就急著要處理Ohara的退休，我超級不爽。」儘管他比較理性的部分不否定威廉的建議，可是在情感上卻百般不捨。

　　現場一片靜默，國瑞不再多說了，彷彿希望能以無聲的抗議換回Ohara退休的成命。

其實威廉是愛狗人士，大學時代，校園內的流浪狗都是他照顧的對象，放在狗身上的感情比女朋友還多，「我理解你的心情，但我有我的專業考量，導盲犬是工作犬，不可能永無止境的工作。」他專業考量的背後不可能照顧到每個使用者複雜的心思。

威廉換個角度說服他，「你說Ohara還很健康，還走得動，沒有病痛，不想讓牠退休；難道你要等牠有了病痛，走不動，才肯讓牠退休嗎？如果你真愛牠的話？」國瑞愣了一下，這番話像暮鼓晨鐘，也讓他陷入長考；威廉再補上一句，「當Ohara年紀越來越大，牠的身體會走下坡，將來就越難找到條件好又願意收養牠的家庭，不如趁牠狀況還可以，讓牠辦理退休，好好享受清福，畢竟牠為你工作十幾年了……」這話聽得他心痛如絞，無力反駁。

國瑞的腦海突然閃過一本曾經聽過的有聲書《貝魯娜的尾巴》。書中的主人為了不讓貝魯娜身為導盲犬的那份驕傲消失，即使牠已經視力衰退、走路不便，主人仍帶著年老的貝魯娜進行一場又一場的美國巡迴演說，讓牠保有自己存在的價值。書中一段，「能夠以導盲犬的身分工作到最後一刻，這大概就是所謂的幸福吧！」當時身為讀者的國瑞並不認同作者的想法，因為由視力退化的導盲犬執行任務，對主人和貝魯娜

都是危險的事，「我覺得不應該把導盲犬用到油盡燈枯的時候。」國瑞這樣跟朋友說。如今面對Ohara的退休，自己的想法怎麼會跟《貝魯娜的尾巴》的作者一樣呢？

國瑞的態度逐漸軟化，提出一個埋在心底深處的疑問，「我曾經聽指導員說，在歐美，有的導盲犬今天決定退休，明天就帶狗離開，從此不准主人再見，斷絕彼此關係，會有這種情況嗎？」他的聲音微微顫抖，想來就殘忍；威廉掛保證，「這種事在台灣絕對不會發生。」但這一閃而過的念頭，還是讓國瑞的心糾結在一起。

「你不用擔心，馬上會有一隻新的導盲犬跟你作伴，牠年輕、有活力又很乖，」用意是降低Ohara離開對國瑞所造成的衝擊。在很多專家眼裡，立刻擁有第二隻導盲犬是最好的治療方法；就像失戀的人立即投入另一段戀情以療傷止痛一樣。但Ohara在國瑞心中是無法取代的，他搖頭指著自己的心臟表示，「我這裡全被Ohara佔滿，目前沒有第二隻導盲犬的位置了。」

情勢發展至此，國瑞的選擇實在不多。幾番猶豫，終於點頭答應，同意協會對外徵詢收養家庭。

威廉完成任務，如釋重負，一起離開餐廳。

　　夜色昏暗，Ohara領著國瑞踽踽而行。這一段路，他們相伴走了十年多，國瑞沒有心理準備即將結束。初冬的寒風颯颯吹來，他打了一陣哆嗦，巷弄一片寂靜，他聽見自己沉重孤獨的腳步聲。

遇見 Ohara 之前

回到家，國瑞整個人跌坐在沙發上，把頭埋進雙手，Ohara即將離開的夢魘在他腦海中盤旋，沒有任何事可以減低這項消息帶來的衝擊。

Ohara見主人一動也不動，貼心的靠過去，希望用毛茸茸的尾巴撫平他的憂鬱，國瑞蹲下來，將牠龐大溫暖的身體摟入懷中，像擁抱親人般，眼淚撲簌而下。

離愁的氛圍一直圍繞在這悲傷的房間裡，一種莫名的恐懼襲捲而來。

五歲之前他還是個正常的孩子。某天，一位鄰居拿著自製弓箭加入他們的遊戲行列，他在箭上架起橡皮筋，瞄準、發射，不料「嗖——」的一聲，弓箭竟不偏不倚射中他的左眼，左眼逐漸喪失視力後，正常的右眼被受傷發炎的左眼影響，也逐漸失去光覺，到了國中就雙眼全盲。

雖然兩眼看不到，但靠著觸摸點字閱讀，他的功課照樣呱呱叫，國中畢業後以優異的成績考上板橋高中。

　　註冊當天，當教務主任得知他是盲生時，很不以為然的說：「眼睛好的同學在我們板中就已經很辛苦了，你這個眼睛看不到的可能很吃力喲！以前我們學校有個盲生念不到一學期就去念啟明學校，你們最好先考慮清楚。」言下之意叫他不必註冊，直接到啟明學校報到。

　　但他很想讀大學，陪伴的媽媽則左右為難，母子倆站在教務處僵持好久，「好吧，既然你要念那就讓你念吧！」

　　第一學期結束，國瑞的成績出乎意料之外的好，而盲生考上高中且成績優異的表現引起報社記者的注意。他的英文老師接受採訪時指出，跟盲生溝通最大的障礙在於看不懂點字，「所以國瑞寫的英文作文都需要找人翻譯，如果有英文打字機協助他，就可以直接閱讀，不需要翻譯了。」這篇報導刊登後，引起很大的迴響，很多愛心人士紛紛送打字機到板中，甚至有人捐錢給他。

　　打字機，確實讓他的英文突飛猛進。

　　但盲生的升學管道受限，不像明眼人可以隨心所欲的挑選科系。升

高二時，點字輔導老師建議他專攻「音樂系」，至少將來比較有出息；他和家人商量的結果，把文化國樂組當第一志願，主修橫笛，副修鋼琴。但天不從人願，成績揭曉，他考上第二志願「淡江歷史系」。

大四那年的某一天，幾個明眼同學聚在啟明社抱怨程式難寫，電腦作業交不出來。

這不是什麼特殊現象，文學院（啟明社的社員大都念文學院）的學生修電腦都修得哇哇叫。他突然問，「電腦是什麼？為什麼你們一提到寫程式就叫苦連天？」

電腦，是盲生不必了解的科技產品，也是明眼同學唯一羨慕盲生的地方，因為盲生免修電腦課。

「你會對電腦有興趣嗎？」同學問他。

「很好奇呀，你們越抱怨我就越好奇。」離開啟明社，正好有同學到電腦室趕作業，他便跟著去。

「哇，電腦室有冷氣！」這是他

的第一印象；接著，同學抓著他的手摸一遍電腦，「原來，電腦是由一個螢幕和一個鍵盤組成的。」

他坐下來敲鍵盤上的英文字母，請同學念出螢幕所顯示的內容，結果同學念的正是他打出來的，「喔，電腦鍵盤跟英文打字機一模一樣嘛！」此後，他就經常往電腦室跑。

同學看他對電腦頗有興趣，便跟他解釋，電腦可以做文書處理，也可以寫程式，「既然你學過英打，不妨從文書處理開始學起。」文書處理跟英打很像，不同之處是英打打錯了不能改，文書處理不但可以，還有插入、刪除、複製、區塊搬移等功能，同學當場教他什麼按鍵具備什麼意義，要他背下某些常用按鍵的特性。

由於國瑞有英打基礎，很快就學會文書處理；並在同學的指導下進一步學Basic的程式設計。

從此，他的生活有了轉機，三不五時就抓著明眼同學往電腦教室跑。如果同學正好趕去寫作業，他就順便問，「老師要求的程式需要具備什麼？」他也問自己，「如果是我，會怎麼寫這程式？」通常到電腦室的路上他就先在腦海裡構思內容，到達電腦教室時就直接把剛才想的程式打在電腦上，讓程式run一遍。

　　他的認真和實事求是的態度，居然成為明眼同學討教的對象。

　　很巧，就在他對電腦產生興趣時，「盲生資源中心」引進一部美國進口的盲用電腦，這消息對國瑞來說無疑是天上掉下來的禮物。由於「說明書」是英文，廠商看不懂，也不會使用，他便主動要求閱讀，這麼一來，幾乎把盲用電腦全部弄熟，彷彿這部電腦是為他而準備的。

　　當時的盲用電腦所使用的「英文編輯器」是進口產品，缺點不少。於是國瑞另製一個「中文點字編輯器」。

　　這是一個龐大的工程，也是艱鉅的挑戰。

　　一般程式可能只要寫幾十行就可以，但編輯器的程式需要一萬多行。國瑞打個譬喻，「一台摩托車也許加兩個輪子就變成殘障摩托車，但弄一部盲用電腦並非如此。程式分『原始碼』和『可用程式』兩種；前者可以修改，後者不能修改。製作『中文點字編輯器』必須從頭開始修改每一個原始碼，換言之，就是摩托車的每一個零件都需要重新製作，將來有什麼問題才能自己解決，這不只是加上兩個輪子，而是整台摩托車得從頭做。」

　　經過幾個月的努力，國瑞終於研發出「中文點字編輯器」，成功地改善盲用電腦的「排版」和「語言」，這是台灣盲用電腦的第一個突

破，也因此打出「張國瑞」的名氣。

與此同時，淡江盲生資源中心正接下大專點字叢書製作，「中文點字編輯器」立刻派上用場。他們用這套軟體校對，順便測試它的功能，一旦發現問題，國瑞便立即修正，並根據同事提供的需求和建議增補，使「中文點字編輯器」更加完整。

接著他研發「轉譯系統」，將中文檔案用軟體「轉譯」成相同內容的點字檔案。如果出版社提供一本書籍的電子文字檔，透過轉譯系統，只要十秒鐘就可以轉換成點字供盲生閱讀了。

不過，這項系統的缺點是中文必須要能夠存成檔案，然後經由「轉譯」程式產生點字檔，盲人才能閱讀。他的下一步就是製作「即時雙向轉譯系統」；意即中文轉點字，點字轉中文，使「中文」和「點字」同步呈現，也就是不管使用者輸入中文或點字，電腦螢幕和點字顯示器同時出現明眼人和盲人都懂的文字。

剛製作完成時，為了測試它的功能，國瑞找一位明眼同事在電腦旁看他輸入的內容，「當同事一字一字念出我打的字時，我非常激動，幾乎要叫出來。」這套系統的成功，最受震撼的不是廣大的視障使用者，而是他自己。

這個點字輸入直接轉成國字的功能後來取名為「無字天書輸入法」。「無字天書輸入法」對盲生簡直如虎添翼。由於一般盲生幾乎從國小就使用點字機，現在只要按原來打點字的方式再運用六個鍵（S、D、F、J、K、L）排列組合，一分鐘最慢都有打八、九十個字的功力，速度高出明眼人（一般明眼學生一分鐘打三十字就很厲害了）；後來，反而是很多明眼同學拜託盲生幫忙打字，因為有「即時雙向轉譯系統」，即使打點字出現的仍可以是中文，這種現象越來越明顯，和以前盲生拜託明眼同學寫報告的情況完全相反，「我感覺整個世界都被我顛倒過來了。」

一直以來，明眼人和盲人之間沒有共同的語言，大部分的明眼人讀不懂盲人的點字，盲人也看不到明眼人的文字，沒想到，「即時雙向轉譯系統」居然搭起明、盲之間的語言橋梁，當下，他覺得盲人和明眼人是「零距離」，盲生可以像明眼人一樣上BBS、通e-mail、SKYPE、上網查資料……這歷史性的關鍵開啟盲生的電腦時代。

隨著科技日新月異，國瑞幾乎沒有喘息的機會，接下來從事盲用Windows介面系統的研究工作時，他遭遇許多解決不了的困難；尤其Windows開發之初，偏重圖形的模式，並沒有考慮到視障者的特殊需

要，這讓他的工作出現極大的瓶頸。

他想，如果想在盲用電腦界佔有一席之地，只有出國進修一途。

民國八十六年，他在盲生資源中心待了七年後，毅然決然參加教育部舉辦的公費留學考試。

盲生公費留學考全是口試，每一科有三名老師出題，英文科也不例外；當時視、聽障有十個公費留學名額，結果，國瑞脫穎而出。

就在申請美國學校時，一名留法的盲生冬天在巴黎因心臟麻痺過世，震驚視障界。這消息讓國瑞的家人十分擔心，而學校長官希望他留下來，隔年，他將公費留學暫擱一旁，改為參加淡大「資訊工程」研究所甄試。

很多教授對他「全盲」的身分和「文學院」的背景很有意見，「理工科的『離散數學』有很多圖形，全盲生看不到怎麼學呢？」

其實國瑞在盲生資源中心上班時曾連續三年到資工系修課，教過的老師對他的學習方式和成果都很滿意，間接解答其他教授提出的疑慮。

　　最後他通過面試、口試,考上資工所,成為淡江大學有史以來第一位念工學院的盲生,也是全國第一位工學院盲生;同時順勢放棄公費留學資格。

　　教授對這位全盲生很禮遇,對於他不懂的「圖形」會在下課後另外跟他約時間講解,甚至抓住他的手在桌面上畫。

　　三年研究所的課程對他是豐富充實的。「對我來說,這三年的學習是我進入電腦專業領域的門檻,以前的我,能力只停留在業餘階段,念資工所後才算進入專業領域,這是我最大的收穫。」資工所的研究課程使他得以將設計工作與理論緊密結合,讓盲用電腦跟網路系統運作得更加穩定,同時建立他製作Windows的基礎。

　　近二十年來,「張國瑞」幾乎是盲用電腦由無到有的縮影。研發期間,他每天坐在電腦前的時間超過十個小時,廢寢忘食,但不覺得辛苦和疲倦,因為他知道盲用電腦的開發對視障者有多大的幫助,而他自己不但是第一個使用者,也是最大的受益者。

　　盲用電腦不斷推陳出新,每有創舉,他就得到各視障相關單位開說明會、授課甚至演講;對於全盲的國瑞來說,單獨前往陌生環境,挑戰的確很大。

再見·Ohara

/ 人生轉折的契機

　　一九九六年末，淡江大學盲生資源中心邀請新莊盲人重建院的教務主任柯明期到校演講，他是擁有台灣第一隻導盲犬Aggie的主人，當天的主題是「視障者的眼睛——導盲犬」。

　　在一個多小時的演講中，柯明期言簡意賅的以三S（Speed速度、Safety安全、Smart聰明）說明Aggie對他生活的改變。

　　「第一，我的速度（Speed）明顯變快，例如從校門口走到公車站牌以前要十分鐘，現在只需要兩分鐘，五比一的比例；第二是很安全（Safety），Aggie替我避開所有的障礙物，我可以悠閒的逛街、輕鬆的散步，甚至可以胡思亂想；第三點是牠很聰明（Smart），幾天下來牠就對我的行程瞭若指掌，不用我下指令就知道什麼時候該往哪個方向轉彎。」

　　柯明期的這場演講肩負宣導功能，就像推銷員講解產品接近尾聲時會問在場的觀眾有沒有人要買一樣，他在解答大家對導盲犬的疑慮後

問：「有沒有人想申請導盲犬？」

　　有人提醒國瑞，他的活動多，常到別的地方演講，也許可以考慮。國瑞就在此刻做了一生中最重要的決定——他提出申請，為未來的日子帶出光明的曙光。

　　由於當下台灣沒有導盲犬，這申請拖了兩年。兩年後，國瑞才接獲重建院的「面談」通知。跟國瑞面談的是「紐西蘭皇家導盲犬中心」（Royal New Zealand Foundation of the Blind）的負責人 Ian Cox。Ian 是個資深的導盲犬經理人，他從國瑞的申請動機、定向能力、人格特質、身體狀況、失明原因、社交場所、居住環境、工作環境、交通工具、行走速度和適應失明後的生活等等問題，與他做深入訪談。

　　面談的內容將決定申請者適不適合擁有導盲犬，並且適合哪一種導盲犬。

　　國瑞通過面談後，Ian 立刻派員為他做進一步的「環境評估」，錄下他在家裡和工作地點的情形、平日路線、行走速度，以列入導盲犬和視障者的「配對」參考。

　　一九九八年一月二十三日，「紐西蘭皇家導盲犬中心」一隻四歲多、名為 Inca 的黃金獵犬（母）與一隻比牠年輕的拉不拉多犬 Edwin（公）

共同生下七胞胎，導盲犬中心按族譜將這一胎以「O」字輩命名❶，分別叫Ohara、Olsie、Obi、Ozura、Oke、Owen和Omai。

Ohara通過寄養家庭❷生活禮儀的學習測驗後，由威廉負責訓練。寄養家庭的男主人Peter告訴他：「Ohara雖然很聰明，也令人傷腦筋，出去玩時叫不回來，看到狗或貓就猛追，有偷吃東西的紀錄，曾打翻垃圾桶找食物。」

威廉聽了暗自竊喜，因為他喜歡活潑好動的狗，「調皮搗蛋」可以解讀為自主性高、獨立性強，只要不過度發展成不聽教，他有自信把

---

❶ 導盲犬中心會按A、B、C……Z為不同胎的小狗命名，輪完Z之後再回到A。在命名上，只要同一胎的狗，第一個英文字母都一樣，除非贊助廠商提供資金給導盲犬中心時，會希望某一胎用該公司的名字，例如有一隻叫VISA，有一隻叫MASTER，他們分別是VISA CARD和MASTER CARD贊助的。

❷ 在紐西蘭，申請當導盲犬「寄養家庭」者必須具備以下條件，一、有男、女主人（男、女主人必須結婚）的家庭，且其中一人必須擔任家庭主婦（夫）的角色；二、家裡低於五歲的孩子不可超過兩個；三、必須有「全圍欄」的院子；四、家裡不能有超過兩隻以上的狗。中心的輔導員會到申請的寄養家庭拜訪，一方面評估居家環境，一方面討論導盲犬寄養的責任和負擔，由於是義務工作，非常辛苦，若雙方都沒問題，這個寄養家庭就被列入「等候名單」。導盲犬中心辦公室通過審核的「等候名單」疊得好高，他們都是愛狗人士，每一批新生的小狗都為他們帶來無窮的希望。

Ohara訓練成一隻優秀的導盲犬。

　　初期訓練期間，威廉帶牠們到市中心鄉間或搭公車進入公共場所，以判斷牠們對各種不同環境的適應力。出門時，牠們身上都披有紅色小背心以示「身分」，上面註明是正在受訓中的導盲犬幼犬，受法律保

Ohara與國瑞的「共同訓練」。

障，可以出入公共場合。

　　威廉發現小Ohara沿路蹦蹦跳跳的，玩的時候一副天不怕地不怕的模樣，雖然偶爾會受驚嚇，但恢復力極快，外界環境對牠的影響非常小。

　　O家族經過層層篩選，淘汰了三隻❸，有資格當導盲犬的四隻（Ohara、Ozura、Owen和Omai）則留下來進行下一階段的深度訓練。

　　各國導盲犬的溝通以國際語言「英文」為主，這意味著各國會彼此交換導盲犬，例如在韓國執勤的導盲犬到台灣一樣可以工作。

　　它的訓練是利用狗的本能加上人的因素與未來主人安全行進的一種技巧課程。例如狗走路是直線前進，不會原地打轉；如果遇到障礙物會躲開，不會笨到一頭撞上──這是狗的本能，導盲犬也一樣。不一樣的是，一般狗的行動只顧自己，導盲犬的訓練則是把旁邊的主人（不論高矮胖瘦）一併納入，使牠顧慮到自己安全的同時還得顧慮到主人的安全；如果遇到狀況，牠懂得停下來讓主人下決定；而主人需要事先對環

---

❸　被淘汰的Obi和Oke後來當了寵物狗，Olsie則聽從訓練師的建議「轉換跑道」，在紐西蘭海關當「緝私犬」，牠以靈敏的嗅覺負責抓入境旅客是否攜帶禁品。

境有所了解，在心理建構一張心靈地圖，以利於對導盲犬下指令。

　　一般導盲犬訓練需要半年，Ohara只花了三個月，是最快結訓的一隻狗，這表示牠的學習能力很好且對環境的適應力很強，威廉直覺牠適合台灣。

　　為了證實他的判斷，威廉特地帶牠到紐西蘭最嘈雜的市區和車輛較多的路口甚至鐵軌旁測試牠的反應，「當火車經過發出『嗡嗡嗡』的聲音時，Ohara居然無動於衷」，台灣和紐西蘭最大的差別就是噪音，這個結果讓他肯定Ohara對台灣的噪音和交通應該適應得比其他隻狗好。

　　於是威廉決定推薦Ohara給在台灣正在申請導盲犬的張國瑞，並促成導盲犬Ohara與國瑞配對成功。

　　一九九九年十月二十一日Ohara飛抵台灣，隔天由訓練師威廉帶到國瑞辦公室，牠的到來使這間冰冷的電腦室頓時溫暖起來。

　　Ohara與國瑞見過面之後，下一個步驟是接受威廉和美籍指導員Manny為他們準備為期三週的「共同訓練」。共同訓練後，國瑞和Ohara順利通過「畢業考」，他們正式成為一對最佳組合（guidedog team），一起挑戰一個全新的世界。

　　訓練師曾經說，導盲犬的生存是為了服務盲人，對視障的主人來說

是僕人，彼此是主僕關係；所以Ohara一踏進國瑞的家，訓練師就用繩索把牠拴在沙發椅上，接下來三天都不能出門、不准見任何人，以控制牠的行動，藉此建立「主、僕」關係，表示他將來是主人，牠是僕人，不能上床也不能坐在沙發上。

但國瑞當牠是兄弟。

　　他們每天上下班都會經過淡江校園「大學城」附近，那一帶常有流浪犬穿梭其中，最兇的一隻叫「小黑」，只要有人經過，牠就齜牙咧嘴的咆哮，彷彿那是牠的地盤，有威脅示警之意；牠兇過每一個人和每一隻狗，很多人看到小黑都自動繞道而行，有些狗則不敢前進。

　　導盲犬從小被訓練「尊重各種動物」，包括人、狗、貓……即使被挑釁也不會抵抗，更遑論反擊；就因為這樣，國瑞更保護Ohara。

　　國瑞聽過有導盲犬被流浪犬包圍時，主人直接把狗抱起來，以免被攻擊。但他不認同，覺得此舉簡直是向流浪狗示弱，這麼一來，牠們就認為導盲犬可以欺負，將來後患無窮。

　　國瑞對小黑的行徑雖然光火，不過他的底線是，只要不「碰」Ohara就不計較。這一天，國瑞從遠處就聽到小黑對Ohara發出低沉的吼聲，由遠而近，一副侵略態勢；國瑞提高警覺，當他察覺小黑越走越近時，立刻解下Ohara身上的項圈當防衛武器，往外揮幾圈，以示警告；小黑怕了，知道這主人不好惹，不敢再叫，自動離開。

　　還有，Ohara剛到張家時，住家對面有一處雜草叢生的樹林，Ohara都在那有草坪的地方小便，那兒成了Ohara的私用廁所。

　　幾年後，那一帶被建商相中蓋房子，旁邊則先蓋一間樣品屋。某

天早上 Ohara 尿急，國瑞就帶牠到樣品屋旁上廁所，一個自稱管理員的人跑出來罵道，「你的狗在這裡小便，會尿死我種的樹……」國瑞聽這理由覺得荒唐可笑，根本不想回應，但管理員越罵越大聲，國瑞也冒火氣，衝到他面前，幾乎要打起來。

另外一次是他們搭捷運板南線回淡水，途中經台北車站要下車轉搭淡水線時，Ohara 竟累得趴在地板上睡著了，國瑞沒吵牠，讓牠繼續睡。在正規的訓練中，主人這麼做是錯誤的行為，但那時候 Ohara 已經考慮退休，國瑞擔心牠年紀大，怕牠身體不舒服，才決定這麼做。

捷運開到終點站，工作人員上前問他怎麼不下車，國瑞說：「我要坐回頭。」捷運再從昆陽站開到台北車站，時間多達五十分鐘，這時 Ohara 醒了，才帶主人轉車。

國瑞算是台灣最喜歡帶導盲犬出門的視障朋友，有時參加的活動人多或有志工，主辦單位會告知他不必帶導盲犬來或交由別人照顧，國瑞聽了都很生氣；因為 Ohara 不但帶路，還帶給他安全感，他也不希望 Ohara 因看不到主人而感到無聊，「我喜歡隨時隨地都跟牠在一起，我們彼此的親密程度是一般人無法了解的。」除非他出國，否則不管去哪裡，國瑞都要帶著 Ohara。

　　然而，十多年的兄弟情誼，轉眼就要結束了，國瑞留戀不捨。往事歷歷在目，過去相處的點點滴滴輪番在他腦海倒帶。

　　他回憶起小Ohara第一次陪他上超級市場的情景。那是一個週日的清晨，天氣晴朗，他全身都感受到陽光的溫暖。出門時國瑞喊著Ohara、Ohara、Ohara……他一手拿著導盲鞍，一手在左右兩旁尋找，其實Ohara已經走到他身邊，只是他沒摸到，Ohara則用鼻尖觸碰他的手指，主動鑽進項圈裡。

　　套上導盲鞍後，Ohara一心想出門，擺出一副「走吧！」的樣子，反倒是國瑞原地不動。原來他被Ohara的舉動感動了。他想，這世界上有誰會像Ohara願意為他而放棄最可貴的自由？當時他們才相處兩個多月，「為什麼在這麼短的時間內Ohara就決定為我付出自己？」

　　Ohara兩歲那一年，台灣歷經超大的「象神颱風」。

　　颱風天國瑞起得比平常早，「咚──咚──」大雨正隆隆敲擊屋頂；「咻──咻──」的風聲無情的吹打窗戶；「啪──啪──」的聲音，像是樹枝斷裂了；「匡啷」一聲，聽得出招牌倒塌了；大雨發出急急的水聲，像洪流般。

　　強風肆虐，收音機傳來街道滿目瘡痍的慘狀，大雨沒有暫緩的跡

象；接近中午，雨勢稍緩，算一算時間，Ohara已經有十幾個小時沒上廁所了，以往牠白天平均四、五個小時上一次，國瑞穿好雨衣，拿出手杖，打算帶牠到外面大小便。

到了一樓，一陣風「砰砰砰」的打著大廈的鐵門，Ohara停下腳步，國瑞問牠：「你不要上廁所嗎？我沒關係嘛！」Ohara轉身回到電梯口。

在導盲犬的受訓過程中，「服從」是基本訓練，如果主人下令導盲犬出門，儘管大風大雨，牠還是得依命行事。但訓練師希望導盲犬服從又不希望因主人看不見而做出誤判，賦予牠獨特的自主權，稱之為「聰明違抗」；換言之，如果牠覺得屋外的情勢將危及主人的安全，可不聽主人的命令自行作主。

從國瑞家到外面的草坪有一段路，經過一夜肆虐，沿途一定多了不少倒塌的障礙物，Ohara顯然不忍心讓失明的主人經過那段崎嶇的路，所以才決定憋尿吧。

回到家，Ohara靜靜的躺在地板上，不吵不鬧，以往牠總會吵著玩拔河遊戲，再大口大口喝水；但這一天異於平常。

時間一分一秒過去，又過了四個鐘頭，國瑞摸一下手錶，Ohara有

十幾個鐘頭沒喝水了，於是倒一碗水到牠面前，Ohara上前虛晃一圈便走開了。

國瑞完全懂Ohara的心意，抱著牠，不停撫摸牠的毛。

象神颱風侵略台灣長達二十多個小時，直到雨勢減緩，Ohara才肯出門。國瑞快速行走，因為Ohara一定尿急了；沒想到牠的步伐比以前更慢，一邊走一邊注意國瑞的腳步，像是在說：「慢慢來，安全要緊！」

路面果然慘不忍睹，樹木連根拔起、鐵皮屋簷吹落、招牌七零八落、磚瓦遍布……他們費了好大的勁才走到草地上，Ohara和平常一樣大小便，完全不給主人一點壓力。

深夜裡，屋外又下起雨，國瑞依稀聽得出大雨沖刷地面的聲音，但是Ohara在颱風天堅毅沉穩的表現，永遠不會被時間沖刷掉。

第一次見到Ohara，訓練師介紹說：「牠是拉不拉多犬和黃金獵犬的混血兒。」國瑞始終記不起來，究竟爸爸是拉不拉多還是媽媽；對國瑞來說，Ohara的靈魂是百分之百的純種，他一直牢記這一點。

Ohara五歲時，單身的國瑞受邀到一所學校演講，接待他的是該校

特教班的老師，一位聲音柔和的女生。

「請進，這就是我們的辦公室。」她說。

「哈哈，大笨狗！」一位學生貿然闖進來，調皮的說。

「牠不是大笨狗啦，是導盲犬。」她立刻糾正。

「老人犬？」

「不對，是ㄉㄠˇㄇㄤˊㄑㄩㄢˇ。」

國瑞冒出一身冷汗，特殊班的老師都像她這麼有耐心嗎？

週會的演講千篇一律。「我叫張國瑞，牠叫Ohara，一九九八年出生，來自紐西蘭。導盲犬會協助盲人避開路面上的障礙物並排除突發的交通狀況，只要人可以去的地方，導盲犬都可以去。例如牠會帶盲人過馬路、坐捷運、搭飛機、進公園和超級市場……牠不僅是我的眼睛，也是我最好的朋友，牠照顧我，我相信他。

如果你在街上遇到導盲犬，表示牠正在工作，千萬不要打擾牠、不要摸牠、不要餵食，當作沒看見，這就是對盲人最大的幫助了。」

演講結束，幾位老師聯合請他吃晚飯，包括她。國瑞這才知道，原來她愛狗，而且全家都愛；她有個親戚在台中工作，每天最重要的事就是張羅流浪狗的晚餐，後來調離台中，臨走前還特地留一筆錢給附近管

理員，託他餵食流浪狗。

　　那天起，她的聲音日日夜夜在他心頭縈繞。

　　老天爺似乎有意作媒，隔兩天他到台南參加一項活動，「嗨，國瑞！」她也趕來了。活動期間，他們形影不離，她說：「很多人都說導盲犬是工作犬很可憐，我卻認為導盲犬是全世界最幸福的狗，因為牠二十四小時都可以陪在主人身邊，不像一般寵物犬白天跟主人分開，晚上才見面，很沒安全感，一見到陌生人就狂吠，甚至得憂鬱症。」

　　國瑞非常贊同她的觀點。一直以來他都跟人家說：「導盲犬不可憐，牠們樂於工作。」可是沒人相信，現在終於有人肯定他的見解，而且又是他喜歡的女孩；國瑞的驚喜難以形容。

　　他們經常聯絡並相約出遊，每次外出，他和Ohara會在捷運「台北車站」最後一個車廂的椅子上等候。

　　她來了，Ohara猛搖尾巴，牠是隻善體人意的狗，知道主人喜歡她，所以也愛她；見面後，她總是貼心的從他手中接過裝有Ohara物品的背包，彷彿一家人。

　　有一天，他們共同參加「導盲犬體驗營」。Ohara一到會場立刻吸引大批人潮，大家把牠團團圍住；她想讓更多人靠近牠，於是悄悄的移

動身體，這時Ohara意識到她要離開，馬上用前腳搭住她的手，希望她留下來。

國瑞以前談過幾次戀愛，分手的原因大部分跟他的視障有關。然而和她在一起，他從未感受這方面的壓力；很多人喜歡Ohara，對他卻不關心；他想這回終於可以戀愛了，心裡琢磨著將來要如何將自己的世界介紹給她，但偶爾會患得患失，「會不會我的世界有限，不能供應長久的相處？」

暑假期間她約他到鄉下玩，不過國瑞只能玩幾天，接下來他要到美國參加盲人棒球賽，「Ohara如果託我照顧，我們全家一定愛死牠！」於是他把Ohara帶過去，並且拿出兩年前出國買的一份禮物，當時買下它是希望將來能送給最愛的女人，現在這人出現了，是送出去的時候了。

那天晚上，他們在客廳愉快的交談，氣氛融洽，Ohara看在眼裡，決定助主人一臂之力，一會兒跑到他腳邊，撒撒嬌，一會兒跑到她腳邊，撒撒嬌，牠在兩人之間來回奔跑，似乎有意撮合他們；她被逗得哈哈大笑，國瑞則滿心感動，他想這時候若再不向她表白，可能連Ohara都要辜負了。

　　他膽怯的送出禮物，當她知道「禮物」的意義後很猶豫，小心翼翼的說：「我現在不想交男朋友，因為暑假過後我要出國念書……」頓時，他感到一陣刺痛和錯愕，不知道該如何面對眼前的尷尬。

　　Ohara目睹他的失敗，無精打采的趴在地上，眼神流露著哀傷，好像牠也打了敗仗……國端不停的撫摸牠，企圖藉此轉移情緒，心想，「沒關係，別人不要我，但我還有你。」

　　溫馨的故事不斷上演，不勝枚舉，鮮明如昨。

天天陪主人跑醫院

然而，禍不單行。除了Ohara，他父母的身體也相繼出狀況。

Ohara八歲時，國瑞的媽媽車禍住院。Ohara每天陪他從淡江大學到台大醫院。這一趟算是長途跋涉，時間長達半年之久。

Ohara十一歲時，國瑞八十一歲的爸爸住進了榮總。那是二○○八年初春；不論人或狗，都算「高齡」。

他記得爸爸離家住院當天是陰天，一早他就在客廳把換洗衣物打包到行李箱。

他是個生命力很強的人，過去常常一個人進出醫院，國瑞想幫他叫計程車，他說：「不用不用，我自己來，你也不用到醫院來，你上班很累，不方便。」國瑞對父親的病很擔心，「我有空就過去。」但他堅持兒子不要到醫院探望，「你來很危險哪！」父子倆拉扯許久，最後國瑞是用Ohara說服老爸的。

「我有Ohara帶路，一點都不危險，況且我搭車花不了多少錢啊！」

老爸動搖了，拉著行李箱出門，還不忘叮嚀，「如果很累就不用到醫院來！」國瑞大聲回話，「好！」

初期國瑞只是每天打電話到醫院問候，爸爸的狀況似乎不錯，有天還向醫院請半天假，由弟弟載他回家看媽媽，待了一個下午才回醫院。

大概第三或第四天吧，國瑞發現爸爸反應緩慢，講話有氣無力的，他趕到醫院時，爸爸的手腳已經被綁了起來，他非常驚愕。護士說，他剛陷入昏迷，這種患者容易出現手腳無意識亂抓亂踢的情形，為了避免病患把自己抓傷，才這麼做。

國瑞和弟弟、妹妹都守在醫院裡，雖然後來爸爸醒了過來，但國瑞意識到父親年事已高，狀況一定不如想像中樂觀，與其牽腸掛肚，不如到醫院探病。

自那一天起，每天下班後，Ohara就領著國瑞坐上校車到淡水捷運站，搭捷運到石牌站下車，過一個十字路口轉乘榮總接駁車，抵達醫院後進入病房大樓的大廳，再搭電梯，出了電梯經過護理站找到病房——雪白的病床上躺著一個枯瘦的老人，怯生生的等著兒子。

「國瑞，你們來啦，累壞了吧！」爸爸喊了一聲，他循著聲音走到病床。

「爸，今天感覺怎麼樣？」他通常會一五一十的告訴兒子今天發生的事，大至哪個病床來了什麼病人，小至餐點好不好吃等等。

做父親的很高興兒子來，主動伸出手把他拉到身邊，不斷的撫摸；Ohara則乖乖的躺在病床下。

消息傳得很快，這一樓的醫療人員、病人、家屬都知道有隻導盲犬帶盲人來探病，大家奔相走告；隔天再到醫院時，果真來了一群人，還引起一陣騷動呢！

Ohara的到來為病房增添輕鬆的氣氛和十足的話題。

「牠會咬人嗎？」同一層樓探病的家屬問。他說自己生平第一次看到導盲犬，覺得很稀奇。國瑞說：「導盲犬不會咬人，牠的祖宗八代都沒有咬人的紀錄。」

「哇塞，還要經過身家調查喔？」國瑞說：「對。」

「導盲犬可以去餐廳嗎？」坐在輪椅上的病人問。

國瑞說：「導盲犬可以去任何人可以去的地方，當然可以去餐廳囉，還可以搭飛機出國呢！」

「導盲犬會看紅綠燈嗎？」不知道從哪裡冒出來的聲音。國瑞說：「不會，導盲犬是按主人下的指令行動。」那人不解，提出質疑，「你

又看不到，怎麼下指令？」國瑞說，他得事先了解去的地方的地理位置，在心裡形成一張心理地圖，再告訴導盲犬該怎麼走，如果前面有大卡車，牠會自動繞道而行；但導盲犬不是計程車，不是你跟牠說去麥當勞牠就會帶你去麥當勞，主人要先弄清楚方向再下指令。至於紅綠燈嘛，「我是聽『車流』的聲音來判斷，如果車流的聲音跟人潮的流動是『平行』，表示『綠燈』；如果人潮和車流是『垂直』，表示前面是『紅燈』。」

國瑞說得振振有詞，「好厲害喔！」「酷嘞！」就這樣你一言我一語的，整個病房充滿著驚喜和笑聲。

國瑞感覺爸爸也認真的聽，還補充說明，「導盲犬真的很厲害喔，還好有牠陪我兒子，他要去哪裡我也比較放心。」接著提供不少私房故事給大家聽。

他說，有一回國瑞出國，Ohara留在家裡由他和太太照顧，但狗狗整天悶悶不樂，直到國瑞回來，牠緊跟在後，連上廁所都守在門外，深怕主人再度離開，「是喔，導盲犬很有人性耶！」他繼續說：「牠剛到台灣的時候，我兒子從淡水回板橋遇到惡司機，當時很多公車司機並不知道台灣有導盲犬，更不知道導盲犬可以搭公車，結果一上車，司機馬

上趕他們下去。我兒子跟他解釋，牠是導盲犬，不是普通的狗，交通部規定導盲犬可以搭公車，邊說邊從包包拿出公文給他看；司機聽不懂什麼叫導盲犬，看了一下公文還是堅持不讓牠上車，後來一位好心的乘客主動上前攙扶我兒子找位置坐下，其他人嚷著要司機趕快開車，這件事才作罷。」

不過，故事還沒結束，「我兒子坐定位後，Ohara猜主人心理受到波及，用嘴巴碰我兒子的手，像是說：『別怕，有我在！』牠在車上不吵不鬧，沉穩的趴在椅子下，車上的人都誇讚牠乖哩！」現場氣氛被炒熱了，他更說得欲罷不能，「可是我兒子餘怒未消啊，很氣那司機，就撥電話回家，說他現在搭上265公車，坐在靠車門第二個位置，請我們到站牌等，如果看到他就喊他下車。」國瑞說，導盲犬的世界沒有壞人，所有的人都是善良的人，牠們從不懂得偏見和仇恨，這應該是人類自嘆不如的地方吧！

張爸爸說，現在導盲犬多了，一點都不稀奇，去哪兒都可以。回想當年，Ohara出入公共場所要受到管理員上前警告；台灣對於罕見的導盲犬有戒心，計較導盲犬是屬於「大型狗」還是「寵物」；連國瑞出門都要隨身攜帶內政部的公文捍衛導盲犬的權利；但Ohara不管受到什麼

不公平的對待都任勞任怨，在當時可說是開路先鋒，衝撞了不少台灣的
體制，總算為盲人走出一條路來。

他輕輕下了註解：「我兒子很幸運，在失明三十年後終於找到了一
雙眼睛。」言語透露安慰。

初春多雨，一個大雨滂沱的傍晚，Ohara穿上雨衣來到醫院，才出
電梯，一個小朋友不知從哪衝出來，一個箭步橫在前面，擋住他們的
路，「哇塞，導盲犬穿雨衣耶，酷斃了！」還吆喝一些人出來觀賞，
「哎喲，好漂亮的雨衣，好帥喔！」探病的家屬隨著Ohara的腳步繼
續往前走，隔壁病床的人聽到腳步聲，主動通知，「張先生，他們來
囉！」Ohara來醫院幾次，已經知道路，主動帶國瑞靠近病床。

這時正在量血壓的護士則說：「你兒子很孝順，每天來看你；他的
狗狗也很乖，都跟著過來。」周圍掀起一陣讚美。

導盲犬在醫院是稀客，醫生和護士巡房時，也會忍不住多看牠一
眼，摸摸牠，「你真的很棒耶！」然後與張爸爸寒暄幾句，詳細詢問病
情。

很多為人子女者都希望自己的家人在醫院得到多一點的關懷，國瑞
也是。幾次探病下來，他發現大部分的醫護人員都很專業，關心病人不

分身分，一視同仁；「但我真的覺得有Ohara在，我爸爸得到比較多的照顧，他們除了談病情，也跟其他人一樣問起導盲犬的事。我爸侃侃而談，有問必答，儼然成為導盲犬專家，有時還討論得頗為熱烈呢！」

國瑞發現，爸爸說故事時，病容消失了，他用很多手勢豐富內容，逸趣橫生，連說話的聲音都變得輕快愉悅了呢！

Ohara到醫院造成的轟動和帶給爸爸的喜悅，超出想像。國瑞曾想，「如果我只是拿著一根手杖探病的盲人，會有什麼不一樣？」

如果拿手杖，他就得自己找路，而探病都在下班很疲憊的狀態下，尤其進出捷運站，不但費神，精神壓力更大；從出發到找病房一定筋疲力竭，可能撐不到幾天就倒了，「如果我倒了，就沒辦法關心爸爸，那麼我會因幫不上忙而沮喪。」或者，「我害怕疲憊，乾脆叫計程車，即使我不願意，爸爸一定會要求我改搭計程車，那麼長期下來，這筆費用我可能負擔不起，因為當時住院很花錢。」

對於Ohara的陪伴，國瑞感激不已，「是Ohara讓我爸爸變成特殊的病人，我甚至感覺到，Ohara讓我爸走路有風。」

父子情深

　　有一天下大雨，國瑞向爸爸道晚安，準備離開榮總時，隔壁病床的人說：「張先生，你好福氣啊！一個看不見的兒子，天天來，不容易啊！」在榮總，很多伯伯沒有孩子，孤孤零零的，他的探訪，多少讓做老爸的感到安慰。

　　走出醫院，雨勢未歇，雨水打在生鏽的垃圾桶上，他聽見密密麻麻的聲音，一股淒涼的寒風掃過臉頰，空氣冷得像冰。他們在雨中不得不加速步伐。等車時，國瑞很疲憊，Ohara沉重的腳步也顯示如此。他想起剛剛病人問的一個問題，「為什麼要天天到醫院看爸爸呢？像這種雨天就不必來啦，你這麼不方便！」他也問自己，「是什麼力量驅使我天天去醫院探病？」

　　張爸爸祖籍江西，高中時國軍到學校招考，他嚮往遨遊天際的生活，毫不猶豫的報名，當年十七歲，考完試便隨國民政府來台，跟著部隊南征北討，最後落腳於老梅溪，並擔任戰鬥機的領航員。

　　富基漁港附近的眷村就是國瑞的出生地。

　　因為眼盲，爸爸特別為他操心，初期發作厲害時，曾一天帶他連跑三家醫院，只要稍微聽到哪家眼科不錯就帶他去，幾乎看遍全台的眼科醫生。直到國一，幾乎雙目失明。

　　那時爸爸在竹子湖雷達站上班。

　　他在部隊是少數有才氣的人，很多艱難的機械問題到他手上都迎刃而解，所以多少有點恃才傲物，自認為單憑自己的才華，根本不需要逢迎拍馬；可是軍隊文化，拍馬屁非常重要，長官看不順眼，讓他四十五歲提早退休。

　　那正是國瑞眼睛開刀最需要用錢的時候。為了家計，爸爸找到電子工廠作業員的工作，月薪才四百。那個年代沒有健保，看病花費很大，「聽我媽說，午休時間，工廠外有人賣西瓜，天氣熱，很多員工都買來吃，我爸也想吃，想了半天，最後忍住不買，就是想把錢省下來讓我看病。」

　　中年二度就業，他格外珍惜，為了保住飯碗，父親趁過年放假期間殺了兩隻雞帶到經理家，做他最不願意做的送禮；這麼做即是怕重蹈覆轍，「最主要還是為了我。」

 父子情深

　　爸爸愛他，其實他應該愛著所有的孩子，但國瑞的感受特別深。

　　他記得念大一時曾跟爸爸要三千塊零用錢，爸爸非常驚喜，堅持給五千，兩人討價還價好一陣子才各退一步，折衷給四千，「他總是想多給我一點，而且非常高興我用他賺的錢。」國瑞長大也一樣，總希望多給爸爸一點錢、多給一點關心和呵護。

　　國瑞到醫院能做的不多，頂多帶點吃的給爸爸和看護而已，他固定帶三樣老人家愛吃的柳丁、香蕉、草莓，其餘時間，就陪他聊天，彼此都很珍惜兩人相處的時光。但爸爸有一半時間神智不清，半夢半醒之間，兩人的對談常常有一搭沒一搭的，狀況稍好的時候他會應答，不過伴著哈欠，聲音拖得很長，逐漸沒了聲音，後來才知道爸爸聽著聽著就睡著了；國瑞有幾次就在這樣的情況下安靜離開。但有時為了讓爸爸清醒，他會祈禱，有幾次爸爸真的醒過來了，他們又天南地北的聊……愛的記憶，彌足珍貴。國瑞打從心底愛他，發誓要永遠照顧他。

　　國瑞在醫院的心情隨爸爸的病情而起伏，「他病情不好，我就難過，病情好轉，我就開心，回家的路上心情特別好。」他承認，期待看到爸爸病情好轉是驅使他到醫院探病的動力，「某個程度來說，是為了自己得到快樂而去醫院尋找快樂。」

一般來說，爸爸生病都由媽媽照顧，國瑞在這角色上取代了母親的位置。

二〇〇六年初春，他媽媽騎摩托車出門，在紅燈轉綠燈時，內車道的轎車卻突然轉彎，撞上在外車道直行的媽媽，霎時安全帽掉了地，她成為植物人，從此沒醒過來。

年邁的爸爸即便經歷戰亂，都無法承受這天崩地裂的創痛，因為父子倆平日都依賴媽媽；自此，一個完整的家幾乎瓦解。

國瑞曾幾度對肇事者咆哮，終究無法挽回媽媽的健康。

車禍發生初期，醫生說，前半年有機會出現奇蹟，希望家人多刺激她，所以父子在加護病房拚命跟她說話。但無數次的手術後病況依舊，醫生研判病情穩定，不會再有改變，可以返家了。事親至孝的國瑞決定將媽媽從台大醫院接到淡水，爸爸跟著過來同住，並請了外傭照顧母親；自此張家的生活起了巨大變化。

不過爸爸並不習慣淡水濕冷的天氣，國瑞猜，媽媽想必也如此，由於媽媽冷了不會自己蓋被子，熱了不會說，他便在兩個老人家房間裝上冷暖兩用空調，以便他們適應淡水氣候。

即使母親是植物人，國瑞仍晨昏定省，「我上班囉！」「我回來

 父子情深

囉！」「媽，晚安！」爸爸甚至完全把媽媽當正常人，每天跟她閒話家常，講家裡的事、講購物、講新聞，大大小小的事都講。爸爸在跟媽媽說完話後會主動找答案，例如她手指動一下、頭撇向一邊，爸爸都賦予它意義，顯示他說的話媽媽都聽得到；可是國瑞認為那只是反射動作，不能證明什麼，不過他沒有多加辯駁，因為那是愛。

少了媽媽，國瑞跟爸爸的互動變得非常頻繁。

以前家裡有什麼事都是透過媽媽才知道，他打電話回家也都直接找媽媽，若爸爸有什麼事一樣是透過媽媽轉達。自從媽媽生病後，他們得直接面對彼此了，這種感覺很奇妙。

假日，爸爸會問他要去哪裡、幾點回家、晚餐想吃什麼；他會問爸爸刮鬍刀放在哪、冰箱缺什麼、要去哪裡運動……等等，有時爸爸還會一五一十跟國瑞敘述一整天的活動，例如他曾帶著一個有輪子的籃子到軍公教福利中心購物，他非常享受這樣的行程，似乎是他生活中最大的樂趣，於是他就跟國瑞說買了什麼、看了什麼、附近多了什麼美食；不過下車時忘了提籃子，籃子掉在公車上，他很緊張卻很鎮定，決定在原地等公車回來，果真找到菜籃，他很高興，回家一直重複述說這驚險的過程。

　　這是父子感情密度的高峰期，他有幸在父親的晚年，參與他的生活，算是老天爺的恩賜。

　　然而，一個多月後，爸爸的病情開始惡化。

　　有一天，醫生把國瑞叫到病房外，「不樂觀喔，你們要有心理準備。」他沒有太驚訝，父親的狀況的確每況愈下。

　　醫生建議他改住單人病房，申請看護照料，以利於後續治療。

　　不過他申請到的並不是一個好看護。

　　某天，國瑞中午就過去，竟看到爸爸獨自下床，步履蹣跚的走進洗手間。他是個貼心的人，很怕麻煩別人，像上廁所，除非真的狀況壞到下不了床，不然都自己來；但那看護卻大剌剌的躺在沙發上，毫無上前攙扶之意。國瑞心想，連他在的時候看護對爸爸的態度都如此，不在時更可想而知。

　　看護漫不經心的整理床鋪，猛對國瑞發牢騷，「你不知道你爸爸有多難照顧，他的皮膚一下紅腫，一下過敏，大便也不好處理……」好像全身肌肉都在抱怨。

　　國瑞忍不住開罵，「我爸爸就是生病才請你照顧，你嫌這個不好那個不好，那我請你來幹嘛？」

 父子情深

　　這看護應該沒跟盲人相處過，以為看不到不會知道所有的事。其實他們可以靠耳朵聽、靠鼻子聞、靠皮膚感覺、靠聲音感受……而注意到所有的事；但看護以為盲人看不到無所謂，所以擺出一副「我就是這樣，你能拿我怎麼辦」的態勢，國瑞顯然被激怒了，胸口怦怦的跳，腦子迸出一個聲音，「我今天要 fire 你！」就在看護再一次發牢騷時，國瑞順勢脫口說出，「你叫護士來，我要換人。」

　　看護站在一旁冷笑幾句，一動也不動，這時國瑞「拉」起 Ohara 的項圈，那個不經意的動作似乎讓牠明瞭主人正需要牠助他一臂之力，Ohara 的個性一向很 man，平常不會特別做什麼令人感動的事，但主人有難，牠一定挺身而出；他們向來並肩作戰，於是牠義無反顧的帶領著國瑞走出病房，穿過長廊，直接帶他到護理站。「那一刻，我終於了解什麼叫做『生命共同體』，因為當下只有 Ohara 能幫助我解決問題，讓我爸離開那可惡的看護。」Ohara 當下的表現不是一隻導盲犬，而是講義氣的兄弟，有牠在，就像身邊有個人，他相信可以一同攜手前往任何險境，無畏無懼。

　　國瑞在護理站順利得到看護仲介的電話號碼，請他們立刻換人，講完電話後，他和 Ohara 趕快回到爸爸身邊，深怕看護惱羞成怒，做出對

爸爸不利的事。

　　與榮總搭配的看護都住在醫院附近，不到三小時，新的看護報到。

　　新看護很不一樣。

　　某天國瑞來探病，就在門口聽到他們的嬉笑聲，這是以前從來沒發生過的情況。新看護說：「主菜是炒豬肉喔，先熱油鍋，快炒，加一點鹽好不好？」像是徵詢爸爸的意見，他答道，「加鹽，好。」看護繼續說：「加完鹽再放一點鰹魚粉，好不好？」他開心的說：「調味料好！」看護再問，「加點綠色的東西吧，你說該放什麼？」他說：「你是廚師，由你決定。」她就說：「蔥段。」他露出愉快的笑容馬上回答，「好啊！」菜要上桌囉，看護問，「你覺得好吃不好吃？」他笑得很燦爛，直說：「很好吃，很好吃！」她說：「你看，我燒了一口好菜給你吃耶！」他竟然說：「謝謝！」

　　國瑞大開眼界，原來新看護得知爸爸只能灌流質食物或水果，只好用玩遊戲的方式「口頭做菜」，用意可能是滿足他的口腹之慾、逗他開心或者創造話題，總之，就是要他動動腦，轉移病痛的焦慮。

　　相較之下，跟以前的看護相處起來是「度日如年」，新的看護在爸爸眼裡則是「上帝派來的天使」；原來國瑞弟弟的教會朋友常跟著來醫

父子情深

院探望，為他禱告，一起唱詩歌給他聽，才會有「上帝的天使」一詞。

　　儘管父親的情況時好時壞，但看到國瑞探病，仍主動伸手拉住兒子，父子倆、四隻手糾纏在一起，這時不需要言語了，手掌之間傳遞的情感勝於一切，「我突然回想起上一次，爸爸拉著我的手是什麼時候？那是在我念國小的時候……」一股暖流穿過全身，彷彿被愛包圍著。「我真的感覺他需要親人陪伴，」於是他用力抓住父親的手，撫摸他柔軟脆弱的身軀，鼓勵他要堅強，「爸，你一定可以撐下去的，要加油喔！我們等你回家。」爸爸越抓越緊，不鬆手，好像回應他會努力似的；Ohara則猛搖尾巴加入陣容為他打氣，聲音啪啪啪的，震天價響。

　　然而，醫院好像流沙陷阱，尤其像他這樣超過八十高齡的老人，生命的曲線直指終點站下滑。對張家來說，這是一場與死神拔河的比賽，有時祂贏了一點，有時他領先一些，多半時間，他暫居落後。

　　二〇〇八年四月十八日，就在住院三個月之後，他父親卸下一身的病痛和重擔，與世長辭，結束兩人四十五載的父子情緣。

　　喪禮在教堂舉行，Ohara也別上緞帶，表示牠是家屬。喪禮進行中，國瑞一直壓抑著情緒，直到向親友答禮時，才悲從中來，久久不能自已。

　　Ohara 似乎了解所有的事，緊緊依偎著國瑞，不時舔他。國瑞嚥回眼淚，深深的擁抱 Ohara，「謝謝你，如果不是你，我無法到醫院盡孝道……」Ohara 的情義相挺，讓他爸爸在臨終之前充分感受到親情的溫暖，牠帶給他的幫助，遠遠超過他自己。

　　失去父親，國瑞對 Ohara 的依賴更深，關係更緊密了。

Ohara倒下了

　　辦完父親的喪事，國瑞跟訓練師芳芝聊起爸爸住院時，Ohara 曾恍神跌倒的事。

　　某天離開榮總，走出淡水捷運站轉往公車站牌途中，他們搭上一輛很舊的公車，公車的台階很高，Ohara 一個重心不穩，突然「砰」的一聲，整個身體跌下來。他心頭一驚，「怎麼會這樣？」Ohara跌倒後馬上起身，好像回神了，站穩腳步，隨後馬上爬上去，這一次成功了；國瑞卻冒出一身冷汗，這是以前從來沒發生過的事，一股不祥之感油然而生。

　　國瑞很自責，那段期間，他一下班就趕車，Ohara 並不喜歡像校車這樣的小型巴士，因為引擎聲很大，好像就在腳底下；醫院又是個狹窄的空間，爸爸常常神智不清，這些氣氛 Ohara 都感覺得出來，牠常低頭走路，回到家已經十一點，等於每天超時「加班」，而國瑞累得沒體力陪牠玩，「我真的很對不起 Ohara。」

　　從那一次起，他發現 Ohara 上公車很吃力，走樓梯時步履沉重，以前牠搭車還會用跳的，現在只能緩步慢行，睡覺時間拉長了，不再早起……

　　芳芝建議牠做全身健康檢查。

　　國瑞很快帶牠去看醫生，因為有些狗年紀大了會有退化性關節炎或長骨刺，照 X 光的結果發現只是肌肉拉傷，骨骼沒問題，狀況還不錯。

　　不過隨著 Ohara 年紀越來越大，國瑞有警覺，便更細心的照顧牠。例如夏天很熱的時候，不會要 Ohara 帶他出門，如果逼不得已非出門不可，就叫計程車；如果在家一定開冷氣；進捷運站，只要能搭電梯絕不讓牠爬樓梯……但芳芝覺得，Ohara 老了！

　　芳芝畢業於輔大新聞系，原是雜誌社的文字記者，二〇〇二年到台灣導盲犬協會採訪國瑞和 Ohara 的過程中，親眼目睹國瑞幫 Ohara 撿大便的畫面，「我很感動，對導盲犬服務盲人的關係就改觀了，我認為沒有誰服務誰的問題，他們是平等的，互相照顧、扶持的伙伴，我從那一天起成為台灣導盲犬協會的義工，並進入該協會服務。」

　　芳芝經歷公關、企劃、訓練師兼寄養家庭指導員等職務，因為這一層工作而與國瑞和 Ohara 成為好朋友，她說：「如果不是他們，我不會

Ohara倒下了

改變自己的人生跑道。」

　　台灣導盲犬協會在二〇〇三年接受一批來自日本捐贈的幼犬，牠們分別是：Dian、Takky、Hobby和Jimmy，Jimmy很早就遭到淘汰，祕書長威廉跟同事們說：「這三隻狗，我們要成功兩隻。」他口中的「兩隻」指的是Takky和Hobby，至於Dian，威廉連提都沒提。不過後來Hobby有心臟病，而最大的驚喜是Dian居然被訓練成功了，訓練師就是芳芝。

　　Dian是一隻鬼靈精怪的狗，牠以過度熱情但脾氣暴躁聞名。

　　芳芝訓練Dian期間會不定時召集寄養家庭到公園開會（幼犬最好的學習機會就是跟其他狗狗互動），Dian非常活潑好動，沒有一刻靜下來；任芳芝扯破喉嚨都無法阻止牠脫序的行為，牠一會兒鬧這隻狗，一會兒逗那隻，到處煩人家；如果牠被欺負，倒在地上時雙腳還會一直踢，邊踢邊叫，像個淘氣調皮的小孩。

　　其中一次Ohara在現場，Dian根本不知道Ohara在導盲犬界的輩分和地位，只見牠大搖大擺的衝到Ohara面前，就在牠開口之前，Ohara伸長脖子，嗡嗡嗡的嗆了牠幾聲，個頭小一號的Dian備受震撼，竟然不叫了，乖乖的往後退，邊退邊回頭看Ohara，然後安靜的坐下。在場的人

忍不住笑出來,芳芝摀著嘴巴偷偷跟國瑞說:「哇塞,你們Ohara居然幫我們教訓Dian耶!」

於是,只要訓練Dian,芳芝就向國瑞借Ohara當她的助教;課堂上有Ohara在,Dian就比較節制,加上Ohara會主導環境,其他狗狗的學習也跟著變得又快又有效率。

戴著超大伊莉莎白頸圈的Ohara,不改調皮本色

說也奇怪,以往在狗狗聚會的場合,Ohara很挑狗伴,絕不會找幼犬玩;free run時,牠通常不是去找食物就是逃跑。Dian的個性跟Ohara很像,跟其他狗狗也玩不起來,妙的是,牠們一見面就會互邀對方,不但玩得起勁,還形影不離,大家猜牠們應該有互相吸引對方的魅力。

從另一個角度來看,Ohara的體型較大,又是一隻有自信、有主見的狗,這種氣質自然容易吸引女生;很恰的Dian仰頭凝視Ohara的表情竟是如此溫柔,於是Dian是Ohara女朋友的消息就不脛而走。

Ohara倒下了

　　不過，如果狗狗老了，牠們彼此之間也會知曉。以前幼犬去煩 Ohara 時，牠會兇回去，漸漸的變成不理不睬，或頭低低的走開，連 Dian 都打動不了牠，這表示牠對其他的狗沒有興趣了。老化的確是種令人尊嚴掃地的折磨，芳芝不想給 Ohara 壓力，主動結束牠的助教生涯。

　　芳芝告訴國瑞，「Ohara 該退休了！」

　　國瑞當然聽不下去，芳芝只好舉 Ohara 上訓練用的休旅車的例子：以前 Ohara 可以輕快的「咻」一下就跳上車，「我真的感覺牠是用飛的！」但現在得將身體向前、後腳再緩慢跨上後車廂，或者回頭要求其他人抱牠才上得去。

　　國瑞不以為意，認為是「休旅車太高」之故，反而建議芳芝，「遇到這種情況，你應該拿食物引誘牠上車才對啊！」芳芝對國瑞的反應很介意。

　　她提起舊事。二〇〇五年初的時候，她到「紐西蘭皇家導盲犬學校」（Ohara 的母校）出差，遇到一隻超級像 Ohara 的狗，便問工作人員，「牠叫什麼名字？」對方說：「Omai，是 Ohara 的妹妹。」芳芝尖叫：「Oh My God！果真是同一胎！」（Omai 的綽號就叫「Oh My God」）芳芝問，「Omai 沒在工作嗎？」這一問才知道，Omai 七歲就

退休了（《再見了，可魯》書中的導盲犬同樣七歲退休），所以芳芝感觸很深：同一胎導盲犬，Omai 三年前退休，Ohara 還在工作，合理嗎？「如果是人，你會希望七十七歲的老人家還每天上班嗎？」

儘管芳芝和威廉都希望 Ohara 退休，但過去十多年來，他們培養了濃得化不開的情感，「退休」意味著他將以某種方式失去 Ohara……他怎麼可能輕言別離？

國瑞想了很久，儘管已經答應威廉讓 Ohara 退休，但他打算翻案。

他主動聯絡威廉，「讓 Ohara 退休可以，由我自己照顧，我不會讓牠工作，可以嗎？」

威廉不認同。他解釋，「如果你家裡有其他人可以照顧，我或許還會考慮，不過你媽媽臥病在床，雖然有外勞，可是未來 Ohara 會慢慢老化，不可能自己走到外面上廁所，會像老人家尿在床上或需要紙尿布；還有牠的餵食、排泄、食衣住行、清理等等都需要人力。說實話，一般的明眼人都不見得做得很好，更何況你呢？」

國瑞不放棄，繼續問：「有沒有可能同時擁有兩隻導盲犬？退休的 Ohara 就讓牠成為寵物，而新的導盲犬接續 Ohara 的執勤任務，這樣可以嗎？」

 Ohara倒下了

　　威廉仍然反對，他說：「當 Ohara 每天看著你跟新的導盲犬親密互動會作何感想，牠心裡一定很受傷，甚至質疑：『為什麼主人不再喜歡我了？』這對退休的老狗不公平，而且牠不會快樂。相反的，當你照顧 Ohara 時，新的狗也會嫉妒。」

　　國瑞再想另一個辦法，「那麼，由我收養Ohara，不再申請第二隻導盲犬，出門就拿手杖，這樣總可以吧！」他做了很多自我約束和保證。

　　威廉反問：「你沒導盲犬怎麼出遠門？」在他看來，使用過導盲犬的視障朋友很難回到沒有導盲犬的生活。國瑞說：「為了安全起見，我就暫時不出遠門，不熟的路不會去，若非去不可，就請明眼人幫忙。」威廉問他：「你認為這是長久之計嗎？」

　　國瑞啞口無言。

　　他研判大勢已去，沒有退路了。

　　Ohara 人生的最後一段旅程，即將啟動。

／ 就是要當「獨生子」

　　對導盲犬來說，退休之日可能是牠們垂暮之時。這些蒼老的導盲犬，不論身體機能和體力都走下坡，只能再活兩到三年。日本北海道就有為這些忠心耿耿照顧人類一輩子的導盲犬成立「養老院」。這裡的狗很多都因年老體衰而癱瘓，只能透過導管進食；可貴的是醫護人員仍盡心盡力照料，除非牠們被有能力的人領養，否則可以住下來，直到終老。

　　台灣尚未有導盲犬養老院，對於退休導盲犬的安置倒有幾個基本原則：第一順位是由使用者收養，其次是使用者的親朋好友，接下來才是仰賴相關單位尋找的收養家庭。

　　原本 Ohara 退休後的事不該成為問題的。十年前，國瑞的媽媽就希望收養 Ohara，親自照顧牠，而這個計畫在國瑞擁有 Ohara 時就是既定的事實，當時她還語帶感激的對別人說：「牠對我兒子這麼好，幫這麼大的忙，等牠退休了，我一定會好好伺候牠、彌補牠。」沒想到事與願

違，後來她成了植物人。由於國瑞和家人、親友不方便收養，因此需要徵求收養家庭。

　　誠徵收養家庭的消息一公布，台灣導盲犬協會就收到一些報名表，他們躍躍欲試。由於退休導盲犬年紀大，可能有各種疾病，收養家庭既要負擔照顧的花費和心力，又要面對不久即將分離的痛苦，所以尋覓過程格外謹慎。

　　經過一兩個禮拜評估，威廉先到桃園這一戶報名的人家拜訪，並邀國瑞與 Ohara 同行。儘管國瑞心裡有一百個一千個不願意，不過他很清楚這一天終究會來，只是早晚而已。一路上，國瑞想著，哪一種主人適合照顧 Ohara？

　　他思考最多的是飲食，認為國內拉不拉多犬普遍「過胖」，因為牠們的胃特別大，常常不知不覺吃得過量，Ohara 也不例外。其實國瑞周圍有很多朋友都想成為 Ohara 的收養家庭，國瑞卻一個都沒考慮，主要原因就是擔心他們太寵愛而給 Ohara 吃太多的食物，間接影響牠的健康；尤其狗狗過胖會造成髖關節或膝關節退化，且年紀越大，衰退越快；因此在國瑞的評分標準裡，收養家庭對飲食概念正確與否是首選，觀念越正確的主人當收養家庭的機率越高。

其次，他希望Ohara是收養家庭的「獨生子」。他透露有個愛狗的朋友很想收養Ohara，但他家有二十幾隻狗，雖然國瑞相信他可以對Ohara特別好，然而Ohara喜歡「獨享」主人，最後仍不予考慮。

曾經有一位擁有導盲犬的視障朋友要出國，把導盲犬託國瑞照顧。住在他家的那一個禮拜，國瑞善盡地主之誼，餵牠吃東西、幫牠梳毛、撫摸牠……Ohara居然吃醋，獨自躺在角落裡生悶氣，還以「拒吃」表達抗議，把國瑞嚇壞了；由於Ohara從小跟他就是一對一的關係，所以只要有其他狗在，牠就會不高興。另一次是天氣熱，國瑞把Ohara帶到房間吹冷氣，牠一下子就出來，寧願跟主人一起待在較悶熱的客廳，也不願意單獨留在房裡享受。

國瑞說，每隻狗的個性不一樣，很多狗喜歡朋友，希望有玩伴，像那隻寄宿在他家的導盲犬就很愛朋友，那一個禮拜的寄宿生活快樂得不得了。但Ohara不喜歡伴，國瑞得依牠的個性尋找可以讓牠當「獨子」的收養家庭，以便主人全心全意照顧牠。

桃園的這戶人家由一對年輕夫妻和一個念小一的女孩所組成，女主人是家庭主婦（這一點符合國瑞的期望），居家環境介於公寓和豪宅之間，客廳寬敞；而男主人因為對收養一事沒意見，當天也沒出現。

　　國瑞像主考官般的問問題，包括她為什麼想收養退休的導盲犬，還有對照顧狗的一些觀念。女主人說她看過一些關於導盲犬的報導，直覺喜歡，不過沒養過狗（這一點國瑞並不排斥），想試試看。

　　國瑞對她的印象不錯，認為女主人可以溝通，不是個偏執的人，那天她女兒不停的跟 Ohara 玩，看得出很喜歡狗，他們停留約兩個小時後離開。

　　但返回台北的路上，國瑞轉而思考另一個問題，「Ohara 需要怎樣的退休生活？」若被桃園這家收養，Ohara 將來恐怕像極「退休老人」，變成一隻待在家裡的「宅狗」，牠得抑制外出的慾望，活動範圍勢必受到

侷限；可是 Ohara 還走得動，還能跑也能玩，如果他們願意帶牠出去，大概僅止於散步吧，「這適合 Ohara 嗎？」他越想越不安，建議威廉應該多看幾家。

沒多久，威廉接到桃園的電話，他們反悔了，原因是女主人進一步考慮未來的收養情形，「我家女兒還小，Ohara 已經老了，或許再多活一兩年就要走了，要一個小學生剛接納一隻狗又要送走一隻狗，太殘忍了，在感情上恐怕承受不住這種離別……」最後決定放棄。

協會接著拜訪第二個收養家庭，他們是宜蘭一對經營咖啡廳的年輕夫婦。

男主人 Joe 原本開幼稚園，大學念幼教系，學生時代曾參與身障團體的訪視活動，對視障者並不陌生；小他十一歲的女主人依帆是七年級生，身材纖細，穿著風格兼具古典和流行，原本在 Joe 的幼稚園擔任幼教老師，近水樓台，兩人從主管和部屬的關係變為夫妻，擁有一個四歲大的兒子潼潼；由於少子化的影響，學生越來越少，遂把幼稚園收起來，而他們都有開咖啡廳的理想，於是攜手築夢，美夢成真。

二〇〇八年末，依帆因病剛動完手術，身體虛弱，在家靜養。「我看到很多人出門手中抱著一隻狗，很羨慕，希望也有隻狗跟自己作

伴。」她把這想法告訴先生，但他始終沒有答應。

原來 Joe 念高中時遇到「狗年」，狗市場大，家裡顛峰期有五、六十隻狗。有一次爸媽出國，照顧狗群的責任全落在他身上，他每天得餵食、清理大小便、幫狗梳毛……「那種日子真的被嚇到了！」狗年過後，買氣銳減，家中的狗陸陸續續送人，算是出清，至今二十多年，他曾發誓，「以後再也不要養狗。」

另一個因素是他做生意，依帆在工讀生請假時得到店裡幫忙，屆時若時間不足、耐心不夠，不知道能不能持久的照顧一隻狗……後來兩夫妻想出一個折衷方法——先「短暫」養一隻狗試試看。

老天爺似乎聽到他們的心聲，做了妥善安排。某日，Joe 看到台灣導盲犬協會徵求「幼犬寄養家庭」的廣告；所謂的「寄養家庭」指的是幼犬在出生後兩個月至一歲左右成為導盲犬之前，得先透過一個環境學會一般生活禮儀，給予牠們適度的關愛、建立良好的互動、教導正確行為，並得到充分正面以及社會化的家庭洗禮，時間約為一年。

一年，非常符合兩夫妻期待「短暫」的條件，依帆興奮得上網搜尋相關資料，當晚就寫了「申請表」寄出去。

台灣導盲犬協會很快跟他們聯絡，訓練員還帶一隻狗到他們家做家

庭訪視;但一個禮拜後,台灣導盲犬協會問,「有一隻即將退休的導盲犬極需『收養家庭』,不知道你們願不願意從『寄養家庭』轉成『收養家庭』?」收養家庭的責任是照顧退休的導盲犬,意即從照顧幼犬變為照顧老狗。

他們沒有太多思考,直覺可行,便答應了。

二〇〇九年十月底的一個週末,國瑞結束在大漢橋的盲棒練習後,搭上威廉的車,駛向宜蘭依帆夫婦的家。

那是一處文教區,周圍有不少學校,住家就在咖啡店附近,有前庭和後院,後院有草坪,佔地兩百多坪,他們直接開進有停車場的地下室,再搭電梯到一樓。一樓全是木質地板,屋前是社區庭園,沿著階梯拾級而下,有精心規劃的石板路,感覺舒適宜人。依帆夫婦說明不遠處為宜蘭文化中心,有一大片綠地,可以讓狗狗跑跑步;國瑞很滿意,直覺比桃園好,「至少家很寬,環境很棒。」

Joe過去雖然有養狗經驗,但將來照顧Ohara的責任幾乎落在依帆肩上;不過女主人沒養過狗,問國瑞介不介意?

「你沒養過狗?很好啊!」國瑞一聽很放心,「我在遇到Ohara之前也沒養過狗,是按照協會教的步驟一步一步來,老老實實的餵牠吃飼

料，一樣把牠養得很好；我覺得好的經驗可以傳承，我寧願收養家庭是一張白紙，我就是最好的例子。」

國瑞反而擔心養過狗的家庭，他認為台灣少有家庭具備正確的養狗觀念，「像我在外面常聽到一些奇怪的論調，例如，狗有異味就幫狗洗澡，常把狗洗到皮膚過敏，一旦過敏味道變重，更是拚命洗，越洗越糟。正確的方法應該是每天替狗梳毛，而不是洗澡，因為狗會自動分泌油質保護自己，如果把油質洗掉才會過敏。」

他進一步說，梳毛的梳子至少要準備三支，分別是長毛梳、短毛梳、按摩梳，由於每天梳，狗狗身上的髒灰塵掉落，異味變淡，狗毛自然發亮，「可是很多主人不知道狗要每天梳毛。」

國瑞說，國外有很多（例如導盲犬學校、緝私犬學校、搜救犬學校……）訓練師都會去寄養（或收養）家庭宣導正確的養狗觀念，之後他們都變成了種子老師，整個社會對養狗就有正確的知識；但國內尚未蔚為風氣，「尤其台灣大部分的拉不拉多犬過胖，過胖容易生病，跟人一樣，例如罹患心臟病、糖尿病、關節炎等問題。」

此外，他談到最在意的飲食問題，「人吃的東西導盲犬絕對不能吃，很多人覺得人吃什麼狗就吃什麼，這是大錯特錯的觀念。狗的鹽分

攝取只能是人的十分之一，吃得太鹹會得腎臟病，需要洗腎，對年紀大的狗非常危險；像巧克力和洋蔥對狗來說簡直是毒品。」

還有，Ohara的腿較細長，支撐力較小，如果體重過重對牠的影響遠比普通狗來得大，而定量的飲食是維持牠健康最有效的方法；根據醫學研究報告顯示，瘦一點的狗，壽命會長一點。

國瑞要女主人放心，「其實Ohara不難照顧，只要胃口不好，幾乎可以斷定牠生病，原因不外乎在外面吃了髒東西。」

雖然Ohara貪吃，卻不算是什麼太大的缺點。他透露一個小故事，「Ohara的腳趾曾被網狀的鐵製水溝蓋卡住，再度經過那裡牠就卻步，我拿出零食給牠吃，牠一吃，心情變好，害怕解除，就跨過水溝蓋了。」這方法成為國瑞治療牠心理障礙或轉移牠焦慮的方法。

國瑞大部分時間都在闡述照顧Ohara該注意的事項，女主人仔細聆聽，做了筆記，表示願意遵守國瑞希望的原則對待Ohara。

一波三折的
退休之路

　　經過一個多小時的溝通，他們已經像老朋友般聊開了。威廉建議帶Ohara到文化中心散步，一夥人便浩浩蕩蕩的走過去。

　　那裡頗有田園風味，空氣清新，蝴蝶飛舞，鳥兒啁啾，聞得到花草芬芳，陽光映照著綠地，伴著徐徐吹來的和風，令人渾身舒暢。

　　依帆把注意力放在Ohara的項圈上，心想，如果真的收養，不希望用繩子綁住牠，「放開Ohara沒關係吧？我們都在旁邊看，應該不會有問題吧？」威廉認同，國瑞說好。

　　Ohara看起來悶悶不樂，走起路來慢吞吞的，可能年紀大了不想走路的關係，這是牠最近常有的現象。

　　Ohara先是輕鬆的在草地上玩，不一會兒，牠大步跨前，不只快跑，簡直狂奔，像脫韁野馬般衝了出去，大家被眼前的景象嚇著了，威廉和Joe慌張的拔腿追趕。

　　威廉大叫「Ohara！」牠一度停住，往回看，僅幾秒而已，便頭也

不回的往前衝。旁邊有個工地，Ohara 鑽進去，逃離大家的視線；不過依帆說，工地四周被鐵欄杆圍起來，Ohara 應該跑不出去，大家鬆了一口氣，決定不追了。

他們繼續聊，慢慢走近工地，進去一看，糟糕，工地裡面有個小門，這下可慘，Ohara 不見了！

Joe 返家騎摩托車、威廉回停車場開車，兩人繞著文化中心找，一邊找一邊大喊「Ohara、Ohara、Ohara……」，他們連附近的住家、餐廳都一一進去詢問，怕牠進去跟人家要東西吃，或者被留在店裡出不來。

國瑞不急，跟陪他的女主人閒聊，「沒關係，牠等一下就會回來了，Ohara 喜歡玩這種『遊戲』。」

Ohara 來台灣之前在紐西蘭一個養牧人家玩了兩三個月，每天在牧場跑。初到台灣體重有三十七公斤，全身都是肌肉，一副運動員模樣，但擔任導盲犬後，不可能像在紐西蘭那樣每天跑每天玩，加上食量沒減少，體重一度飆到四十公斤；威廉感到事態嚴重，要求國瑞為 Ohara 屬行節食計畫。

減肥的祕訣只有四個字──少吃多動，「我就請志工每個禮拜安排固定時間陪 Ohara 在校園的草地跑，而牠一卸下導盲鞍就會使勁的跑，

Ohara 天生大膽又愛冒險，跑了兩三個禮拜，便開始往草地以外的地方尋找刺激；但牠跑出去都叫得回來。」暗示依帆別擔心。

接著國瑞說了很多 Ohara 過去跑丟的故事，一一談及最後是怎麼找回來的。

其中一次是打盲棒，Ohara 跑到大漢橋玩，一下子就不見蹤影，志工趕緊追，牠看到有人追，跑得更開心，跑幾步還回頭看志工跟上了沒，志工追得氣喘吁吁，跑不動了，停下來休息，Ohara 則蹲下來等，牠大概覺得勢均力敵才好玩吧！

等志工休息夠了，起步追，Ohara 又以牠蓋世無敵的步伐向前跑，志工費了九牛二虎之力好不容易趕上了，這時眼前出現一道很大的排水溝，裡面都是濕泥巴，志工以幾近拜託的語氣求饒：「拜託，Ohara，No！」牠回頭看了一眼，滿臉得意，一百八十度向後轉，撲通一聲跳進水溝裡（國瑞認為牠根本就是故意的），只露出個頭來，那樣子似乎在說：「這種大好機會我怎麼會錯過呢！」

志工當場看傻眼，頭皮一陣發麻，因為國瑞打完球要搭計程車離開，Ohara 全身沾滿黑泥巴且散發一股惡臭，要怎麼搭車？志工只好向所有的盲棒球員收集打球喝剩的礦泉水，往牠身上沖洗，不過根本無濟

於事；他們只好帶著牠沿河堤找水，走了二十分鐘到了華江橋，幸好橋邊有個自助洗車店，但一次十元只能洗幾分鐘，哪洗得乾淨？志工再度跟大家收集銅板，一直投錢，牠越沖越開心，還驕傲的豎起尾巴炫耀，心裡大概想，「可以玩泥巴又可以玩水，真爽啊！」

另一次是網友帶著Cooky約國瑞和Ohara、煥賢和Cooper到淡江大學的草地上free run。

free run是Ohara的最愛，一脫掉狗繩，牠們就繞著空地一圈圈飛竄，或在草坪上打鬧，或聞聞嗅嗅，或追逐嬉戲；大人們則在一旁聊狗經，像父母聊育兒經一樣。

忘記過了多久，國瑞就沒聽到Ohara的聲音。一開始，他還樂觀，猜想或許Ohara個頭大，跟牠們玩不起來；或者看到松鼠、貓、兔子想跟牠們做朋友；但雙腳卻不聽使喚的來回踱步，「咦！怎麼都是Cooky和Cooper的聲音？」國瑞心想大事不妙，旁邊的人都沒看到Ohara，這下他急了，走到樹叢裡翻了又翻，找完一塊區域又再找另一塊區域，一邊吹哨子一邊瘋狂的吶喊，幾乎把整片草坪掀過來。

以前Ohara在草坪上free run時曾出現「偷跑」狀況，時間都不長，頂多十幾分鐘，但那一次超過半小時，時間一分一秒過去，國瑞驚慌得

情緒失控。

　　過去他曾經被問起跟 Ohara 之間的關係，是像「朋友」還是像「父子」？他說是像「哥兒們」，然而 Ohara 消失後，他緊張得像尋找失蹤的兒子。

　　大人們全加入尋找行列，煥賢跟 Cooky 媽站在原地等待；Cooky 爸牽著國瑞帶著孩子和 Cooky 繞著校園，邊找邊大喊 Ohara、Ohara、Ohara……

　　國瑞突然想到 Ohara 脖子上掛的銅牌，上面有訓練師威廉的手機號碼，撿到的好心人或許會撥那號碼，於是他試著撥，雙手不停的顫抖，但彼端傳來一陣嘟嘟嘟……的聲音，顯示對方正在通話中，「會不會剛剛太緊張撥錯了？」他再撥一次，還是嘟嘟嘟……這代表什麼？是撿到的人正在跟訓練師通話？萬一不是，會不會有人看中牠價值不菲乾脆拿去賣錢？

　　他一直對有人開玩笑出價買 Ohara 的事非常反感。那是 Ohara 剛來台灣的第一年，牠氣宇軒昂，一副狗明星架勢，尤其走在校園，總是引來像海浪般一波又一波的人潮，開始有人動歪腦筋了。

　　「這隻狗市價多少？」國瑞連理都不想理，沒想到他們不死心，

「一百萬，你賣不賣？」國瑞望了對方一眼，對方立刻加碼變成雙倍，「兩百萬，賣不賣？」國瑞勃然大怒，插口反駁，「假如有人出價一千萬，要買你的家人，你賣不賣？你會拿自己的兄弟姊妹秤斤論兩賣錢嗎？」他們終於懂了，悻悻然離開。

　　不知等多久，國瑞的手機終於響了，是煥賢打來的，「Ohara從樹叢裡跑回來了！」國瑞連謝都忘了說，一路踉踉蹌蹌的跑回原地，直到摸到Ohara，懸在胸口的一顆大石頭才落了地。

　　國瑞的心情五味雜陳，既生氣又興奮，氣牠亂跑，又高興牠回來，牠回來又不能罵，不然狗狗會以為回來是不對的，會以為主人不希望牠回來，所以當下氣得要命卻又不能發作；想狠狠的揍牠一頓又不行（打導盲犬是違法的行為）；想鼓勵牠跑回來又說不出口，只好摸摸牠的頭，像是說：「回來就好，回來就好。」

　　Ohara對這種追逐遊戲一向樂此不疲，其他導盲犬也是，但牠們都懂得適可而止，或者主人一聲令下就草草收場，唯獨Ohara例外。牠每次都在冒險，每回都驚險過關。

　　國瑞有兩難，看到別的狗都可以玩而Ohara不行，覺得很可憐，會不由自主的放開項圈；一放開項圈牠一逃跑，又得擔心找不回來，且在

空曠的草地上國瑞一輩子都抓不到牠,「每一次都重複這種經歷,直到牠回來為止。」十多年來都如此。

依帆聽得津津有味,幾乎忘了那兩個大男人正流著汗,提心吊膽找Ohara的情形。

國瑞談笑風生,繼續說另一個故事。

淡江盲生資源中心外有塊草坪,學校花了一筆錢把它圍起來讓Ohara運動,因為經費有限所以是用塑膠網做的,聰明的Ohara很快發現那網子是軟的。有次國瑞帶牠上廁所,牠趁機鑽出去玩耍,國瑞嚇得趕回辦公室請求明眼同事幫忙找,大家兵分好幾路,最後在工學館後面的垃圾場找到,牠正翻便當盒找東西吃,回來時腸胃可是滿載而歸呢!

另一次其實牠沒跑遠,只是鑽進別人家的院子玩,當牠想回來時卻被院子的圍籬擋住,無法脫身,那一次找了很久,才在角落裡找到牠。國瑞告訴依帆,Ohara喜歡滾爛泥巴或跳進稻田或有水的地方,因為跑時全身發熱,會找有水的地方散熱,那些地方涼快,牠都賴著不想走;不過,玩膩了、累了,就會想回家。

時間在說故事中分秒消逝,不知不覺,兩個小時過去,一點消息都沒有,國瑞再也笑不出來。他的心噗通噗通的幾乎跳出胸口,以前的經

驗最晚一個多小時就會回來，不會像這一次那麼久，他開始感覺不對勁了，胡思亂想，「會不會就不見了，或者發生什麼意外，會不會……」他想了很多，整個人都快瘋掉，種種怪異的想法不停的在他心頭翻騰，不祥的預感越來越擴大。

　　黃昏時分，大片青山逐漸染上一層薄霧。時值初冬，白天溫暖，傍晚氣溫驟降，冷風刷過他們的臉頰，依帆問國瑞，「天氣變冷了，要不要到咖啡店等？」國瑞直搖頭，臉色蒼白，又無能為力，依帆貼心的扶他到一塊大石頭坐下，等太久，都累了。眼看沒消息不是辦法，依帆自告奮勇加入尋狗行列，留下國瑞單獨一人。

　　威廉和Joe都猜Ohara往市區方向跑，所以往市區找；但依帆牢記國瑞說過Ohara曾被圍籬困住的事，選擇往郊區方向找。

　　她騎過馬路，看到文化中心對面有個賣場，旁邊有一塊休耕農田，收完稻之後，農夫為避免長雜草，會放火燒去稻根，再蓄水，把水田灌滿，作為滋養，以利於下一年耕種。她想起國瑞說的「Ohara喜歡『濕濕的、有泥巴的』地方」，剛好那一塊田地符合上述兩個條件。

　　她走上前一看，謝天謝地，Ohara果真在那兒，牠陷入泥濘裡，像是浸了墨水的棉花，一直掙扎，爬不上來，可能等待的時間太久了，牠

顯得焦慮與疲憊。

依帆喊道，「Ohara，Come！」牠稍微打量她，沒有興奮的反應，就站著不動，畢竟他們三小時前才認識，彼此不太熟，但不算陌生，依帆只好 call 威廉來，牠才緩步抬起陷入泥淖裡的雙腳。

國瑞聽到好消息，興奮地站起來和 Joe 回到咖啡廳旁等待。Ohara 原本走路慢吞吞的，一看到國瑞，突然有了精神，使勁的飛奔而去；入夜

後平靜的街道因此熱鬧起來，Ohara尾巴「刷刷刷」的搖個不停，全身的泥巴四射濺灑，旁邊的每個人都遭殃；儘管大夥被牠弄得人仰馬翻，還是歡喜迎接這溫馨的一幕。

威廉把牠帶到咖啡廳旁的水龍頭下清洗，洗了五、六遍，但泥巴實在卡得太深，只好借用他們家的浴室，威廉抹上沐浴乳再沖水，沖洗出來的都是墨綠色的水。沖洗到一半，威廉用完了沐浴乳，再跟依帆要一瓶新的，大約洗了一個小時才出來；宛如經歷一場戰役的洗禮，每個人都被折騰得筋疲力竭！

這趟宜蘭之行耗費六個多小時，去時陽光普照，離開時已是萬家燈火，田地和住宅在窗外颼颼飛逝，農戶的炊煙裊裊升起，國瑞累得闔上雙眼，威廉則開著休旅車駛入夜色中。

回到台北夜已深，但國瑞還是聞得到臭味，決定再幫Ohara洗一次澡，「因為牠的毛很長，身上一定還有木屑和草屑卡在裡面，光靠水沖是沖不掉的。」他先用梳子梳，順便梳洗許多打結的毛；Ohara的毛長得非常豐滿，清潔後泛著美麗的光澤。

國瑞研判，初次見面就發生這麼驚天動地的事，他們應該不敢要Ohara了。他想，這樣也好，彼此還可以多出一些相處時間。

暫時分離

他們平靜的度過兩個禮拜。

某日午後，協會的工作人員打電話告訴國瑞，「依帆夫婦願意收養Ohara喔！」他們轉述對方慎重又正式的心聲，「如果有幸成為Ohara的收養家庭，我們感到高興且榮幸，這是該盡的一份社會責任。」

結果出乎意料之外，國瑞感覺腦袋被轟了一下，一時之間竟不知該如何反應，他問：「上一次去宜蘭發生這麼不可思議的事，難道沒嚇到他們？」

「沒有。他們對那件事反而覺得有趣，Joe還開玩笑的跟依帆說：『是你找回來的嘛，將來就由你負責養囉！』」不過最主要的原因是，他們認為最糟的狀況已經遇到了，也會處理，收養Ohara理應不成問題。

原本國瑞以為還有很多時間跟Ohara相處的，在想法上有逃避的空間；現在木已成舟，無法逆轉，得直接面對了。

　　按協會的程序，下一個步驟是「試住」，以評估 Ohara 喜不喜歡、適不適應宜蘭的環境。

　　但國瑞卻面臨情感與理性的拉鋸，一來他捨不得 Ohara 離開，希望把牠留在身邊；二來又希望給牠有草坪的家，享受悠閒的退休生活；而令他苦惱的是，如果 Ohara 真的在宜蘭過得很好，就代表牠不再回來，那麼他將永遠失去牠。

　　這真是令人矛盾的消息啊！

　　試住的第一天，依帆夫婦戰戰兢兢，隨時用繩子牽住 Ohara，怕牠像上次一樣逃跑；而 Ohara 剛到新環境，對周遭的動靜沒特別反應，除了用餐，大部分時間都趴在客廳的地板上發呆或睡覺，Joe 說：「我感覺牠是很無奈的來到了一個陌生的地方。」

　　依帆打電話向協會求救，「怎麼辦？Ohara 都不理人耶！」協會提供她一個點子，「你可以拿餅乾慢慢引誘牠，牠看到你拿食物給牠吃，會認定你是主人，會服從你。」依帆照著做，沒想到這一招非常有效。從此依帆帶牠出去，Ohara 就目不轉睛的盯著她的口袋看；訓練員再給她另一個建議，「你要趁牠不注意時偷偷的放，不乖時再拿出來，這樣才能達到效果。」

 暫時分離

　　第三天，Ohara 有了一些改變，當他們站起來時，Ohara 也跟著站起來，他們去哪牠就跟到哪，跟上跟下的，訓練師說：「恭喜你，這表示 Ohara 喜歡你們，已經接受你們是牠的主人了。」幾天後，Ohara 就大搖大擺的在家裡走來走去，他們索性為牠取個綽號叫「歐大爺」。

　　「歐大爺」很快適應宜蘭的家，恢復正常作息。

　　不過在台北的國瑞可慘了，試住的隔天，他就打電話向威廉訴苦，「沒有 Ohara 很不習慣，感覺整個人都空了……」過去十多年，他們大小事都在一起，現在，走在路上是一個人，工作也是一個人，遇到任何事都是一個人面對。威廉完全理解他的心情，這種調適確實很痛苦，他說了一些話安慰國瑞，但完全無濟於事。

　　這一天，他拿出好久沒用的手杖出門，走到路口就猶豫了。以前有 Ohara 帶路，他不太注意哪些地方有沒有岔路，不太清楚哪個巷口該轉彎，現在該怎麼辦才好？

　　他任意選擇其中一條路，結果走岔了，鄰居見狀好奇的問，「你的狗勒？」國瑞冷冷的回答，「到宜蘭養老了！」他們很震驚，「啊！養老喔？走囉？」「牠幫你工作這麼久，你怎麼不留下來照顧呢？」國瑞無奈的說：「那地方比淡水好。」鄰居感嘆，「要一隻狗到一個人生地

不熟的地方，那很可憐哪！」另一人繼續追問，「我們以後就看不到牠囉？」

　　他往回走到另一條路，右邊停一輛卡車，手杖打在輪下，人往前走一步就會撞上，幸好有路人提醒，國瑞逃過一劫；走上騎樓，他要注意來來往往的行人和高低起伏的台階，還有牆上突出的公用電話、電箱和消防栓；其中一家店門口放著直立式招牌，高度在國瑞的腰部到肩膀之間，他經過時不小心擦傷手……

　　他記得剛申請導盲犬時，訓練師曾跟他說，手杖跟導盲犬的區別在於，視障者多半只能被動的偵測到前方四十五度範圍內的障礙物；導盲犬卻能帶領視障者避開行進間的障礙物，安全到達目的地。有導盲犬的引導，視障者行進的速度、安全及便利性，都會因此提高許多，而更重要的是，希望藉由這種跨越物種的情感與關係，讓視障朋友更積極、更有自信的走出自己的路。

　　現在沒有了Ohara，他連走路都成了問題。

　　他花了好大力氣好不容易走進淡江大學，相對於外面的馬路，這算是安全地帶。然而過去十幾個寒暑，由於有Ohara的牽引，他很少去感受校園裡的變化。他放慢腳步，想像矗立在大學城旁的樹幹強而有力的

暫時分離

向天空伸展，火紅的鳳凰花染紅樹頭，夏日校園應該很鮮豔吧！冬日，落葉滿地，樹枝應該是光禿禿的吧！他回憶上一次獨自打著手杖逛校園是什麼時候？那是十多年前的事了。這十幾年，他匆匆行走，可曾聆聽四季不同的變化？

抵達辦公室，他打開電腦，不停的工作。此時此刻，忙碌是最好的麻醉劑，他怕一閒下來會想 Ohara，只好讓自己忙到沒有空隙思考。

一旦下班，卻是另一波思念的高峰，走進家門成了最痛苦的事，時間變得綿長且難熬。

他無意識的打開電視，鎖定體育頻道，身體癱在沙發上，心不在焉的聽著棒球轉播，「現在是一、二、三壘有人，輪到統一獅的第四棒……」醒來已是天亮，昨天的賽事結果如何，他一點都不知道也不關心。

辦公室的同事多少了解國瑞的近況，「要不要去看一下醫生？」「你看起來無精打采的，要保重喔！」「要多吃一點喲！」有人明白當下任何安慰都無法撫平他的哀傷，所以拍拍他的肩膀，沒有言語。

國瑞本身就瘦，經過這一陣子的折騰顯得更加憔悴，穿在身上的衣服都鬆鬆垮垮的，加上有一餐沒一餐，身體就像壞了的電池，怎麼都充

不滿。

　　下班後，他恍恍惚惚的走進一家診所，「我頭好痛。」他說。

　　國瑞雖然努力的表現出鎮定，但藏在表面之下的傷口，從來沒有被處理和治療。這診所的醫生算是國瑞的家庭醫生，他了解整個過程，提出看法，「導盲犬年紀大了本來就該減壓，雖然牠的狀況還OK，如果有好的退休環境，算是好事一樁啊！你放輕鬆點，好好休息，沒什麼大不了的，過個一年半載，你回頭看就明白，這事不值得你那麼沮喪。」國瑞「嗯」的回了一聲。

　　醫生開了抗焦慮的藥，囑咐他煩到沒辦法調整時才吃，一次吃半顆，一天不超過一顆。

　　頭痛時吃藥的確舒服點，不過所謂的「頭痛」並不是頭真的痛，而是眉頭、太陽穴緊繃，況且他也明瞭自己不是頭痛是心痛，不是每次吃藥都有效，有時好有時壞。

　　日子就這樣渾渾噩噩的過著……

　　國瑞以為試住只有一個禮拜，因

 暫時分離

為去桃園拜訪收養家庭時，威廉曾說：「如果滿意的話，可以先試住一個禮拜看看！」雖然國瑞當下沒有確認，但「試住一個禮拜」的訊息深植心中；所以 Ohara 去宜蘭試住時，國瑞就倒數計時，還剩六天、五天、四天……等到只剩下三天，國瑞才發現，所謂的「試住」是兩個禮拜，而且是他打電話到協會無意中得知的，他非常震驚，簡直不敢相信自己的耳朵，再問一次工作人員，「你確定『試住』真的是兩個禮拜嗎？」是的，千真萬確的答案。

他怒不可遏，渾身發抖，感覺整顆心都快被撕裂了，原本再過三天就可以看到 Ohara 的，突然延到十天。他無法容忍，非得立刻打電話找威廉理論不可。

威廉人在國外出差，國瑞的怒吼穿越太平洋，大聲咆哮，「我不管，我明天就要看到狗。」威廉很為難，「如果你臨時變卦，收養家庭會懷疑我們的誠信出了問題。」可是在那當下，他哪管得了什麼誠信不誠信，他越想越生氣，最後撂下狠話，「等 Ohara 從宜蘭回來，我再也不讓牠離開。」

國瑞的哀傷像燎原的野火，他坐立難安，空虛、茫然、失落、困惑……Ohara 的退休與國瑞的生活形成一道隱形的斷崖，任何一點不愉

快都可能將他推下去。

那麼他該怎麼辦？這樣下去也不是辦法，必須想辦法跳脫才行。

這時他想起志工傅郁馨。

郁馨是南投人，九二一大地震的震央就在她的家鄉。那年她高三，對未來原本懵懵懂懂，但她看到處處斷垣殘壁，這麼多人死於鋼筋瓦礫堆中，面對大自然的天崩地裂，她百感交集，心想，「我還活著，房子好好的，我能為社會做些什麼？」她決定報考社工系，立志將來服務人群。她因碩士論文與身心障礙者有關而認識國瑞，而拉近他們距離最重要的原因是她喜歡動物，她家裡養狗又養貓，國瑞直覺郁馨是個可以談心的對象，於是撥了一通電話給她。

剛開始，國瑞努力隱藏情緒，先是不著邊際的閒聊，再悶著嗓音說：「最近很不好，生活過得支離破碎……」聲音透露著空洞。敏感的郁馨問他發生了什麼事，他才緩緩道出Ohara即將「退休」的關鍵字；他講了很多與Ohara在一起的感情，還有自己最近不穩的情緒；他感覺周圍環境像逆流，形勢對他相當不利，不知道該怎麼辦才好。

在通話過程中，郁馨一直傾聽，沒有打斷。有輔導經驗的她以自己的專業考量認為，導盲犬退休不僅僅是妥善安排收養家庭的問題，主人

暫時分離

分離的心理也需要被安撫,甚至應該有人主動協助國瑞度過失去導盲犬的心理調適期,以減輕他的痛苦。於是她不時的安慰國瑞,「別擔心,事情沒你想的那麼糟,你一定可以撐過去的。」這份體貼讓他滿懷感激。

不過,相對於國瑞的感性,郁馨則理性的提出疑問,「你想一想,難道 Ohara 退休沒有一點點好處嗎?」

國瑞倒是很中肯的提到 Ohara 年紀大了,上廁所不像年輕時那麼順的事。以前只要到草地上,國瑞喊幾句 busy-busy(意味著很急、快點,就像媽媽希望小孩快點尿尿發出的催促聲),牠馬上尿出來,「現在牠要走很久才有上大便的 fu,但當牠在草地上一直繞圈圈,越走面積越廣時,我沒辦法確定牠有沒有吃到髒東西,甚至毒物。如果讓收養家庭照顧,可以放開繩子讓牠自由自在的上廁所,他們看得到 Ohara 的狀況,看牠吃到髒東西可以立刻阻止——單就這件事,的確是退休比較好。」

郁馨認同他的看法,接著分享一段自己的故事。「我之前養了一隻貓,因為搬到公寓無法繼續養,只好送給朋友。我和貓咪分開時跟你一樣痛苦,送走之前,我不斷的跟牠說:『媽咪很愛你,媽咪真的很愛你!』跟牠說了很多內心話,讓貓咪明白我不是故意遺棄牠的。」

她的聲音溫柔可親,把分離的痛苦化為溫暖的故事,並以自身經

驗建議國瑞，「你可以趁 Ohara 離開之前多跟牠講講話，讓牠知道你愛牠，送牠走是希望牠有更好的退休生活，並讓牠了解你即將會有隻新的導盲犬……你要說喔！狗狗聽得懂我們的話。」她覺得這種人和動物的對話是一種心理建設，可以有效的度過難關。

事情談到這兒，郁馨忍不住問他，「你希望 Ohara 將來過怎樣的退休生活？」國瑞說：「我希望牠更好，如果有更好的環境，我願意放手。」郁馨再問，「宜蘭那個收養家庭如何？」國瑞說，宜蘭民風純樸，主人聰明又有愛心，那一大片草坪比想像中還壯觀；她忍不住脫口而出，「那不就得了，你還擔心什麼呢？我腦海已經出現一幅溫馨的畫面，畫面裡的 Ohara 卸下狗鍊，快樂的在草叢裡嗅嗅聞聞，欣賞花間蝴蝶，繞著草皮一圈一圈的跑，盡情的享受陽光，自得其樂的樣子。」

這番話打動了國瑞，他逐漸轉換為正面的想法，「對啊，牠應該要過一種比較愜意愉快的退休生活，而我自己也該慢慢接受下一隻狗的到來。」

結束與郁馨的通話後，國瑞打電話給帶 Ohara 去宜蘭試住的訓練員，詢問 Ohara 的狀況，訓練員的態度是報喜不報憂，「很好啊，住得很好，沒問題啦，你不要擔心！」聽起來像是敷衍他。過幾天國瑞再一

 暫時分離

次打電話給訓練員時，他剛好在宜蘭視察，國瑞就請他把電話拿給女主人，依帆說：「Ohara第一天很悶，根本不想動，很快就睡覺了，感覺不太高興；過一兩天開始適應，心情放鬆了，會玩玩具，開始跟我們有互動……」國瑞聽到這些話就放心了，因為那才是他所認識的Ohara，只要適應環境，牠就會玩玩具了。

國瑞稍微修正自己的心情，他念頭一轉，「牠為我工作十幾年，理應要有幸福快樂的日子，這應該是送給Ohara最好的退休禮物了。」

試住的另一個規矩是一個禮拜後原主人可以前往探視。

依帆是台灣導盲犬協會的志工，每個禮拜會到協會一次，依帆來台北的前一天通知國瑞，兩人約好在協會碰面。

國瑞接到訊息，欣喜若狂。

當天依帆先到，沒多久國瑞出現了，Ohara盯著主人看了幾秒，隨後奔向他，國瑞整個人滑過去，非常激動，雙手顫抖的摸呀摸的摸到Ohara的頭時，他累積多日的思念化為兩行熱淚，奔騰而出，完全無法停止。他彎下身緊緊的抱牠，Ohara顯然非常想念主人，不時發出開心的笑聲，國瑞聽到笑聲，也露出像哭泣般的笑，在場的人看到這一幕都紅了眼眶。

　　剩下一週的試住，國瑞就靠打電話給女主人了解 Ohara 的近況，一解相思愁。

　　終於結束了兩個禮拜的試住，女主人和訓練員一起帶 Ohara 回台北，依帆看到國瑞家有體重機，自己先站上去秤，再抱 Ohara 上去，減掉自己的體重，結果 Ohara 瘦了半公斤（三十點五公斤）；不過他家的體重機誤差在半公斤，所以國瑞很滿意依帆夫婦的照顧，尤其體重沒有增加，而依帆也鬆了一口氣，她怕把 Ohara 養太胖，會被國瑞打上不及格的分數呢！

　　就在協會忙著為 Ohara 安排正式收養之際，依帆的婆婆從巴西返台，使得整個計畫起了變化。

　　原來她在先生過世後，跟著女兒到巴西，依帆夫婦以為她將久住，對收養導盲犬一事沒問過她；沒想到她只是小住，對兒子、媳婦要收養一隻退休的導盲犬，很有意見。

　　老狗年歲有限，婆婆剛經歷喪夫之痛，不想再經歷喪狗之痛，「如果要養狗，為什麼不養一隻年輕的小狗而是養一隻老狗？」

　　其實依帆的父母也反對，「養一隻老狗要花你很多時間照顧耶！」鄰居跟著湊熱鬧，「老狗喔，尾巴都垂垂的，不像年輕的狗，尾巴就挺

 暫時分離

挺的，很有精神！」大家對 Ohara 品頭論足，造成他們無比的壓力。

　　兩夫妻不是沒考慮過他們的想法，然而生老病死是每個生命必經的過程，人如此、狗亦然，他們還有個四歲的兒子，這對他的成長是個寶貴的經驗，孩子會懂得退休的導盲犬生命短暫，更該珍惜牠。

　　就在此時，國瑞要與新的導盲犬 Effem 進行配對，希望 Ohara 能借住依帆家；此外，協會需要一點時間觀察婆婆的狀況，以了解 Ohara 到收養家庭是否是一隻受全家歡迎的狗，Joe 則趁機說服媽媽，「狗要借住，協會的『祕書長』要特地過來『拜託』你！」對方親自登門請託這動作對老人家很管用，她覺得備受尊重，就答應了。

　　借住期間，婆婆沒事都待在家裡看電視，Ohara 就陪她看，她進廚房，Ohara 就在廚房門口等……Ohara 頓時成為她最親密的伴侶。如果她發現牠不在，會馬上打手機問兒子或媳婦，「Ohara 去哪裡呢？」「Ohara 吃東西了沒？」

　　婆婆和牠相處一段時間，發現牠有很多的優點：沒有帶牠去過的地方絕不私闖，像家裡的佛堂、她的房間、潼潼房間……牠可能認為主人沒帶牠進去應該是「禁區」吧！婆婆慢慢的喜歡上牠，不斷的讚美：Ohara 好乖，好守規矩！

　　某日，婆婆突然有感而發，「Ohara大半輩子都在工作，非常辛苦，我們應該要善待牠才對。」Joe說：「借住期間，Ohara跟我們全家更親了。」

　　由於「借住」情況良好，雙方約定二〇一〇年三月四日早上十一點在國瑞家門口「交接」，意即，新的導盲犬會在當天報到。

道別的那一天

該來的，總會來。

道別前夕（三月二日晚上），Ohara 的好友畢卡索特地跟主人過來看 Ohara，以把握最後的相處時光。畢卡索是隻黃金獵犬，一家人都對 Ohara 很好，Ohara 每年生日派對的蛋糕、飲料、甜點……幾乎都是畢卡索主人準備的。

當晚兩個主人在客廳談了不少輕鬆有趣的往事，完全嗅不出離愁。席間聊到兩個月前 Ohara 十二歲生日當天，大夥剛拍完照，沒想到下一秒鐘蛋糕就不見了，原來被 Ohara 吃掉了，兩人笑得前仰後合；兩隻狗也愉快的玩耍，四隻腳在空中揮舞，兩條尾巴在地板敲出「啪嗒、啪嗒」的聲響，整個屋子都沸騰了。

突然的，Ohara 瞬間「登」的一聲蹲下去，發出一陣唏哩嘩啦的聲音……畢卡索主人上前一看，大叫：「不好了，Ohara 拉肚子了！」拉出的都是流質東西，國瑞嚇壞了，臉色大變，畢卡索主人鎮定的說：

「不要慌，我來就好。」他連忙清理地上的穢物，不解的問：「怎麼會這樣？Ohara是不是吃壞肚子了？」

國瑞面有難色，「Ohara就要退休了，我想多寵牠一點，就多給牠吃一些零食，沒想到會這樣。」不過他研判，導致Ohara拉肚子的主要原因應該是上廁所時吃到髒東西之故，多吃零食倒是其次。

Ohara拉完肚子，一臉病容，看起來無精打采；畢卡索主人見狀不捨的說：「讓牠休息吧！」並提前離開。

整個晚上國瑞憂心忡忡，不敢入睡。Ohara整晚淺眠，肚子偶爾發出帶有節奏的咕嚕低鳴。

凌晨三點一刻，Ohara翻一下身，國瑞看牠醒來，便帶牠外出上廁所。一到草坪，Ohara仍拉肚子，但狀況已有好轉。

回家後國瑞不停的安撫牠，「別怕，很快就會沒事了！」Ohara似乎很放心，安靜的趴下。

時間一分一秒慢吞吞的拖到早晨。

好不容易天亮了，國瑞出門前多帶一些飼料放到包包裡，打算中午給Ohara吃泡水飼料，就像人生病吃稀飯一樣。

按當天的行程，國瑞下班後要到中山捷運站附近上彼拉提斯的運

道別的那一天

動課，他因工作久坐造成椎間盤突出，壓迫到左腿神經，以至於出現左小腿疼痛和麻痺等症狀，曾嚴重到難以下床，朋友建議他上彼拉提斯的課調整姿勢，改善問題。這課類似瑜伽，進教室都要脫鞋子以保持環境清潔；但沒有同學在意Ohara進來，大家完全接受牠，Ohara就躺在教室鋪有墊子的角落裡，彷彿班上的成員，所以國瑞想去上課，順便讓Ohara跟同學們道別。

出門前，他突然想到，不管搭計程車或搭捷運，Ohara隨時都可能拉肚子，他念頭一轉，臨時決定請假。

回到家，Ohara的狀況已經改善，精神來了；牠碰碰國瑞的腳，示意想玩遊戲。

他們常玩一種搶骨頭的遊戲。

骨頭是牛皮做的，是Ohara最喜歡的零食。他們的玩法很特別，如果骨頭一開始落到國瑞這一方，Ohara會拚命搶，搶到了就直奔房間，達陣得分，表示牠贏了；如果一開始骨頭就落在Ohara這一方，牠不是一拿到就吃，而是叼著它，甩來甩去，要國瑞跟牠搶。

在搶的過程，國瑞會竭盡所能的阻擋Ohara通往房間的路；如果國瑞擋在左邊，Ohara就企圖往右邊鑽過去；如果國瑞擋住右邊，牠就往

左邊鑽。這時候的Ohara會展現矯健身手，只要國瑞稍微疏忽，牠就得逞，像打籃球切入得分一樣；國瑞當然要有所表現，如果身體擋不住了，還會用手、腳推牠，當然這些都是假動作（在籃球比賽算犯規），用意只是增添遊戲的刺激性而已，最後還是會讓Ohara自鳴得意的衝進房間啃骨頭。

另一項牠愛玩的遊戲是「拔河」，那可不是輕鬆的事，因為Ohara的招數頗多。正規的遊戲規則是一人抓一頭，Ohara如果搶不過國瑞，就會沿著繩子一直咬過去，讓國瑞握的繩子越來越短，但牠嘴巴後面的繩子卻越來越長；國瑞不是省油的燈，會改拉Ohara另一頭較長的繩子……跟牠玩遊戲不僅鬥智還要鬥勇。由於Ohara的體力充沛，玩一兩個鐘頭都不嫌累，國瑞可沒那體力，時間一拖長，就屈居下風了。

還有一種是「滾球」的遊戲，就是球狀的玩具裡裝有食物，球滾動時，它會發生匡啷的聲響，Ohara會想盡辦法讓滾動中的食物自動掉出來，如果食物沒有完全掉下來，牠會用嘴叼起來往地上摔或用力打，甚至用砸的；寵物玩具的說明書上標示「抗焦慮」，但Ohara玩這玩意兒常生氣，玩具幾乎都被牠開腸剖肚，很少保全，無一完好。

但若國瑞真的累了，最常勉強自己陪牠玩「你抓我躲」的遊戲。

道別的那一天

Ohara 喜歡被追的感覺，如果牠被抓到等於被「制伏」，表示輸了，牠不想輸，所以會逃脫，由於家裡範圍有限，國瑞可以預測牠往什麼地方跑，會早一步堵在路上，或者把牠追到角落裡，逼牠就範。如果在戶外，他會拿一種可伸縮有彈性的繩子，長十二呎，他抓住一頭，另一頭套在 Ohara 的項圈上，一樣可以玩追逐遊戲，只是牠能跑的範圍就在

十二呎內。

　　總之，Ohara 會主動找玩具要求國瑞陪牠玩，如果國瑞很累不想玩而裝睡，Ohara 就用鼻子頂他，頂他的手或腳，如果國瑞還無動於衷，牠才會悻悻然的離開。

　　那一晚，情況完全相反。國瑞非常想陪牠玩，再過不到二十四小時牠就要離開了，怎能不把握機會？不過 Ohara 興致不高，牠似乎只想動一動身體而已，於是國瑞就陪牠玩最簡單的「你丟我撿」的遊戲，就是把球丟出去由 Ohara 把它撿回來。

　　然而，這麼輕鬆的遊戲，Ohara 沒幾分鐘就累得趴在地上休息了。

　　一輪明月高掛夜空，窗外繁星點點，房間出現一道亮光。Ohara 把頭靠在國瑞的大腿上，用清澈透明的褐色雙眼深情的凝視主人；如果沒有分離，這樣的相偎相依是多麼的幸福！

　　國瑞拿出梳子為牠梳毛，梳幾下就摸摸牠，他把為牠梳毛的時間拉得很長，不想停止。他想起志工郁馨的叮嚀，「你要趁離開前跟 Ohara 說話，說你愛牠，牠聽得懂的……」國瑞很少對 Ohara 說愛，他邊梳邊叫牠的名字，「Ohara、Ohara、Ohara……你是最棒的……世界上最棒的狗……」怕以後再沒機會叫了。或許梳毛的感覺特別舒服，Ohara 不知

129

不覺的睡著了。

國瑞提起精神幫牠收拾行李,有吃的食物(飼料、零食)、用的衣物(雨衣、毛毯、床墊)、玩具(朋友送的生日禮物)、各種梳子和一些藥(維骨力、蚤不到)……每收拾一樣東西,過去相處的種種都在腦海盤旋;牠的一舉一動讓他魂牽夢繫。

他訝異於自己的生活竟仰賴在一隻導盲犬身上,他從來沒有對一個生命如此付出自己,以至於牠的離開會像要了他的命一樣。

那一夜,他徹底失眠。

翌晨,作息一如往常。國瑞出門前,照例幫牠套上導盲鞍,囑咐Ohara,「這是最後一次執行任務,你要加油喔,再努力一下,我們要成為最棒的 team mate(盲人與導盲犬的最佳組合)。」這是他們之間的 men's talk。

國瑞特地帶 Ohara 去第一次來淡水的早餐店。這一段路,他的腳步變得沉重,心情很感傷,一直想掉眼淚。店裡的生意很好,老闆娘依舊忙碌,國瑞沒跟她多說什麼,買完東西就走。

進了淡江校園,在攘往熙來的人潮中,沒有學生多看牠一眼;走進辦公室,牠依然乖乖的躲進桌下,沒有一點特別之處,大家表現得若無

其事。也對，這世界上除了國瑞本人，誰會關心 Ohara 退休的事？

接近十一點，他們要離開學校了，因為威廉說好十一點在家門口等他。Ohara 領著國瑞走出辦公室，他們相伴走了十年多的路，這真的是最後一程了。

從學校經過牠平日上廁所的草坪時，Ohara 停下來，牠過去一向喜歡上完廁所後聞聞草坪的味道，其實牠應該不知道以後沒有機會在這草坪上廁所了，所以國瑞放慢腳步，沒有催牠，讓 Ohara 聞夠了才回家。

時間一分一秒的逼近。十一點一刻，電鈴響起，「我好像被雷打到一樣！」他的心一吋一吋的往下沉，內心深處感覺一陣酥麻。

威廉偕同訓練師一同前來（女主人則在協會等候），國瑞交出 Ohara 工作十餘年的導盲鞍、項圈和皮繩，還有前一晚整理妥的兩大袋行李，工作人員看了裡面的東西說：「不必帶那麼多，有些東西協會有準備，新的家庭也會提供。」但國瑞很堅持，「這些是我想給牠的，像是維骨力，我準備一年份；預防心絲蟲、跳蚤的藥，準備半年份；還準備了掛在牠脖子上的證件，上面有協會和我的電話，怕牠萬一走失，好心的路人可以帶牠回家；另外一個配件還在訂做中，上面會有新主人家的電話……」說到喉嚨哽咽。

 道別的那一天

天下沒有不散的筵席，該是說再見的時候了。國瑞的雙手一直撫摸Ohara的毛，從頭摸到尾，輕聲的說：要乖乖聽話、在草坪奔跑時不要再玩捉迷藏的遊戲、吃東西要細嚼慢嚥……說著說著，他的鼻頭一酸，眼淚和鼻涕不受控制的流下，工作人員趕忙遞上面紙。

這反應倒讓他們不敢離開了。

他們一直安慰國瑞，不斷問他是否OK，還可以嗎？希望等他心情平復再走，至少比較沒有遺憾；訓練師則趁機打電話給女主人，說這裡有狀況，可能要延遲半個小時。

國瑞不停的啜泣、拭淚、憋氣，努力整理自己的情緒，當眼淚再度盈眶時，他克制住了，嚥回淚水，壓低聲調說：「你們可以帶牠走了……」

威廉覺得時間差不多了，提醒Ohara向國瑞道別，國瑞在複雜哀傷的心情中，艱難的說：「謝謝你，還有……再見！」

Ohara對國瑞投以深長的一眼，默默轉身離開。他們攜手經歷這麼多事，彼此相伴的時間長到足以信任對方，Ohara相信這是主人為牠所做的最好安排。

為 Ohara 梳理毛髮，是國瑞每天都要做的功課。

∕ Effem 報到

　　新的導盲犬叫 Effem，二〇〇六年十二月三日生於日本關西導盲犬學校，是一隻純拉不拉多犬；隔年四月由該校捐給台灣導盲犬協會。

　　遇到國瑞之前，牠是一隻訓練合格正等待視障者申請配對的導盲犬。很多視障朋友向協會提出導盲犬申請，經過面試、環境評估等程序後，協會會安置一隻狗給申請者「試帶」；由於 Effem 尚未找到適合配對的主人，所以一直扮演「試帶犬」的角色。

　　試帶期間，申請者要把「生活起居」中跟狗狗相關的事先學起來，例如怎麼帶牠上廁所、梳毛、刷牙、清耳朵、餵食……也有人稱為「同居訓練」。這段時間不用擔心下口令、帶路等專業問題，主要是體驗有導盲犬的生活跟拿手杖有什麼不同；如果申請者不習慣（例如太累了、要投入太多體力、照顧不來、跟預期落差太大）可立即放棄，以節省彼此的時間，免去未來的共同訓練；如果以上的生活照顧申請者都甘之如飴，共同訓練真正開始時，狗跟主人有了感情，對主人走的路已「建

立記憶」，那麼主人下達命令時狗會服從；而同事們淺嘗了有導盲犬的新鮮感和好奇心，進入共同訓練時，就不會打擾他們了。綜合以上的原因，協會近幾年都有「試住」和「試帶」過程。

下午豔陽高照，國瑞調整好情緒，一手拿手杖一手牽著 Effem 到學校繼續上班。

Effem 的體型比 Ohara 小，全身是均勻的奶油色，但在春日陽光的照射下，看起來像金色。由於當時他們還沒有進行「共同訓練」，所以 Effem 出門得穿上繡有「導盲犬訓練中」字樣的紅色背心，表示這是一隻正在受訓的導盲犬。

牠跟著主人來到辦公室，默默的坐在桌下原 Ohara 的位置。這時有人到國瑞的座位「洽公」，牠立刻起身迎賓，舔舔對方的手或用尾巴拍打對方的腳，表現得彬彬有禮，同事明顯感到不一樣了。

「牠是新來的嗎？」

「對！」

「叫什麼名字？」

「Effem！」

「E—ffem？對嗎？」

Effem 報到

「嗯！」

「看起來比較小，顏色比較淡！」

其他同事湊過來看看新成員的模樣，「真的比較小隻耶！」

大夥試著念牠的英文名字，有些人聽成 elephant（大象），國瑞馬上糾正，「不對，沒那麼大隻啦！」有些同事覺得 Effem 跟 ICRT 主播說的 FM 發音一模一樣，竟擅自作主將牠簡化成 FM⋯⋯總之，都找自己熟悉的英文叫這位新成員。

有別於國瑞哀傷低落的心情，收養家庭這廂是完全不同的光景。

下午三點多，依帆準備離開台北，返回宜蘭前打了一通電話給國瑞，「請問 Ohara 上一次小便是什麼時候？」她正考慮是否該在上高速公路之前先讓牠上廁所；國瑞一聽，頓時鬆了一口氣，「女主人會這麼問，表示她已經進入狀況了。」因為導盲犬是聽主人的指令上廁所，主人得隨時記住上一次上廁所的時間，以免牠憋尿；就像母親得牢記上一次餵奶時間，以免小 baby 餓肚子一樣。

下班後，Effem 跟著新主人回家。國瑞想善盡職責，遂拿出 Ohara 沒帶走的玩具陪牠玩，以前 Ohara 每天至少要玩半小時才肯罷休；沒想到 Effem 對玩不感興趣，應付式的玩五分鐘就停；其餘時間都依偎著國

瑞,把整個頭放在他的膝蓋或大腿上,像女生在撒嬌;國瑞起身,牠跟著起來,國瑞走到哪牠就跟到哪。

　　一般狗狗跟主人要熟悉好幾天才會跟上跟下,而且要過好一陣子才可能對主人撒嬌,至少 Ohara 是幾個月之後才如此;但 Effem 早上來,晚上就撒嬌,不到半天就想跟主人熱絡,的確罕見。反倒國瑞像個局外人,即便 Effem 已經住進來,但他對這隻新狗並沒有認同感,在跟朋友

 Effem 報到

通電話時說：「我不太懂牠為什麼會這樣？」過去國瑞曾幫不少視障朋友帶狗，「Effem 來的第一天，我感覺像是幫別人帶狗。」

國瑞回想 Ohara 剛來時，對他這主人的認同沒那麼快，所以國瑞急著主動討好牠；Effem 則相反，是牠想很快跟主人變熟且討好主人；而國瑞不管喜歡或不喜歡 Effem，總要挪出時間餵牠吃飼料、幫牠刷毛，Effem 就表現得更殷勤了。Effem 這麼黏人，或許跟牠過去長期擔任「試帶犬」、生活漂泊不定有關。過去幾年 Effem 一直被漠視，牠一定期待遇到好主人，有自己的家。無論如何，在 Ohara 剛離開之際，這「黏人」的舉動多少轉移國瑞的注意力，撫慰他失去 Ohara 的落寞。

Effem 的共同訓練在第四天進行。這一回仍由威廉擔任指導員。

不過，Effem 的「共同訓練」不如 Ohara 當年轟動。十多年前，Ohara 剛來時，不管走在校園或巷弄，都吸引很多民眾，圍觀人潮像波浪般湧來湧去；近十年，導盲犬數量增加，不再稀奇，Effem 與國瑞的配對課程幾乎沒有觀眾，與 Ohara 當年的盛況有如天壤之別。

共同訓練一開始，國瑞馬上發現 Effem 的膽子很小，走路的速度很慢，看到大量車流會停下來探詢主人的意見。據說，以前 Effem 若是和工作中的導盲犬一起出門，不會想走前面，都是選擇走在最後。從這一

點可以看出牠的確比較沒有自信。

　　共同訓練的原則是「賞罰分明」，做得好要美言鼓勵，做不好就嚴加斥責，而導盲犬從主人的態度會察覺什麼是對的什麼是錯的，牠會想得到主人的鼓勵而努力做對的事。

　　但「賞罰分明」對 Effem 並不管用。

　　Effem 曾在路上看到喜歡的女生時，興奮得整個身體跳了起來，國瑞當場糾正且責備牠，這是主人應該表現的態度；沒想到這一兇，Effem 幾乎不敢走了，感覺像個小媳婦。

　　威廉認為狗狗犯錯是正常現象，國瑞在訓練過程中遇到的挫折是必然的，希望他打破成見，「即使自己真的不高興，也要隱藏這些情緒，無論如何要給第二隻導盲犬機會，因為新的導盲犬在接受共同訓練時，最需要的是主人的包容。」所以威廉建議國瑞用對付 Ohara 十分之一的強度糾正 Effem 即可。

　　若比較主人對兩隻導盲犬共同訓練的態度，國瑞對 Ohara 生氣跟鼓勵的比例各佔百分之五十；但 Effem 則需要百分之八十至九十的鼓勵，而鼓勵時聲音和動作都要誇大，偶爾才動用百分之十至二十的生氣。Effem 之前的訓練師芳芝曾跟國瑞說：「Effem 是我訓練過最溫和、最怕

 Effem 報到

惹主人不高興、最怕人家罵的狗，我從來沒有拉扯過 Effem 的牽繩，只要大聲一點就夠。」於是國瑞對 Effem 說話的語氣變得非常平和，免得一兇牠不敢走路，屆時最慘的會是國瑞自己。

另外，Effem 的心情很容易受到挫敗的影響。有一次他們去麥當勞，因為走過頭，國瑞只好回頭找路，沒想到還是錯過了，第三次 Effem 就不敢走了。

為了鼓勵 Effem 勇敢的邁開大步，只要牠願意走、正常走路，國瑞就會表現得非常興奮，不時蹲下來用力摸摸牠的頭，大聲說「good boy」，請牠繼續加油，鼓勵牠的次數非常頻繁。

另一個難題是「過十字路口」。

導盲犬的訓練是走直線，不過 Effem 一旦過馬路就走斜線，且走到對街的大馬路上，可能 Effem 怯懦，一過馬路就膽戰心驚，失去水準；由於涉及主人的安全，上這一堂課國瑞顯得特別緊張。他們經過努力，仍無法矯正 Effem 走斜線的問題，威廉心想，既然狗不能改變，只好改變主人，乾脆要求國瑞協助牠走斜線，但往「安全」的方向走，至少可以走到人行道而不是馬路上；走久了，Effem 自然可以正常過馬路。

此外，Effem 害怕走「騎樓」。

　　台灣的騎樓不平整，有些高有些低有些是斜坡。Effem 走「多階梯」還好（例如上下樓），但騎樓屬於「少階梯」，只有一兩階，有的店家甚至自己增加走廊高度，所以 Effem 帶路格外謹慎；沒想到適得其反，因為 Effem 太小心，步伐放得很輕，國瑞幾乎察覺不出上下階梯的落差，以為是一般平的路面，常踩空或踢到東西，甚至扭傷腳。

　　國瑞出狀況時，Effem 會嚇一跳，牠越謹慎腳步放得越輕，國瑞就更沒感覺了，一直惡性循環，導致牠一到騎樓就不敢走，即使國瑞下指令也沒用。因此，國瑞拉導盲鞍的角度也要拿捏清楚，只要重心「稍微」偏左或偏右，牠就以為主人想往左或往右走，所以國瑞得正經八百行走，才不會影響牠的判斷。

　　國瑞跟朋友敘述這段訓練過程時忍不住打趣的說：「跟Effem 一起出門，『方向盤』很輕，當時我們還沒完成共同訓練，Effem 還沒有正式的導盲犬證件，好像無照駕駛。」這番「無照駕駛」的比喻引來哄堂大笑。

　　共同訓練初期國瑞的壓力很大，像過去在淡水捷運站出入這麼久，他不需要下任何指令，Ohara 就直接帶路；因此他對淡水捷運站的地圖很模糊，不太清楚哪裡有手扶梯、哪裡有電梯，這些工作以前 Ohara 全

Effem 報到

攬在身上。跟Effem配對之後，他要努力記住捷運站的環境和相對位置，像是手扶梯、電梯和出口的對應距離有多遠，好引導Effem前進。

國瑞和Effem的共同訓練一直不順利，這讓曾經是Effem寄宿家庭的主人Pearl（台灣導盲犬協會的前工作人員）心急如焚，她擔心國瑞對Effem失去信心，於是找機會跟他長談，順便為他加油打氣。

她告訴國瑞，「Effem是一隻非常友善的狗，牠很乖、守本分、不會挑戰主人的權威，你說一牠不敢做二，你只要說No，牠馬上停；牠喜歡取悅主人，只要一聲讚美，牠就高興得不得了。」Pearl意有所指的說，Effem雖然「膽小」，但這也表示牠很敏感，會強烈感受到主人的情緒，只要你愛牠一點，牠馬上得到鼓舞，會加倍回報你。

她帶過很多協會訓練中的犬隻回家，Effem是其中之一。某一次她帶Effem到戶外上廁所，進籃球場的出入口要經過兩個階梯，上第一階時Effem回頭兩次，「好像在提醒我什麼，」Pearl不了解原委，叫牠不要聞，趕快走，Effem只好聽從指令離開；快到家時，她發現鑰匙不見了，到底鑰匙丟到哪了呢？她想起Effem那兩次的回頭應該有意義，便走回籃球場的階梯，果然鑰匙就躺在那兒，「我當時好感激Effem。」

Pearl家的「米克斯」（Mix，混種狗的意思）是一隻社會化嚴重不

足的宅狗，不但怕人也怕狗，任何一隻到她家過夜的狗都令牠神經緊張，而Effem是唯一讓牠安心的狗。若Effem在她家度週末，Pearl也會帶Effem去教會做禮拜，所有的弟兄姐妹都非常喜歡牠，可以說所有接觸過Effem的人和狗，都喜歡牠。

Pearl對國瑞說：「當我知道Effem配給你時，我非常替我的Effem感到高興，Effem如果配給任何人我都不放心，因為我認識的你對導盲犬超級好。」

她知道國瑞深愛著Ohara，很擔心他仍依戀著前一隻導盲犬，以至於整顆心還懸在Ohara身上，無法對Effem付出感情，所以分享了一則故事。有個使用者是街頭藝人，在頂好商圈附近演出，那一陣子頂好附近的麥當勞剛好進行整修，他叫導盲犬往前走牠卻不走了，主人覺得很奇怪，一直糾正牠，主人的不耐和不滿的情緒導盲犬一定充分感受到，後來路人告訴他，「前面正在整修，沒辦法走。」他才知道原來錯怪牠了。

「信任很重要。」Pearl說，台灣導盲犬協會的標語掛著「愛與信任」，就是要使用者完全信任自己的導盲犬，並放心的把自己的安全託付在牠身上。她很婉轉的說：「你們進行共同訓練時，一定要彼此互相

 Effem 報到

信任喔！」算是寄養家庭對國瑞的一種請託。

除此之外，Effem 之前的訓練師芳芝也提供一些意見，她說，開始訓練 Effem 時並不看好牠，因為導盲犬是主人的眼睛，任務是想辦法幫主人解決困難，可是 Effem 沒有展現主動性，反而仰賴訓練師當家，需要別人告訴牠現在要幹嘛，前面沒路了該怎麼辦。

在 Effem 畢業前半年，她有一個擔任導盲犬指導員的朋友回台灣度假，於是請她幫忙看看他們搭配的狀況。那時芳芝戴起眼罩扮演視障者的角色，請 Effem 帶路，她記得經過停車場的出口，因為高低落差不大，她自己也沒有走好，剛好踩在落差變化的地方，她踉蹌的頓了一下，當下 Effem 感受到她可能拐傷了，馬上轉過頭關心她，從此只要路面有洞或落差，牠就會停下來，指導員說，Effem 真的是超級有良心的狗，牠雖然壓力很大，可是盡力的要把工作做好，不讓主人受傷。從那一天起，芳芝對 Effem 完全改觀了，她認為牠是有潛力的導盲犬，只是需要很多鼓勵，並且用對的方法把牠的優點引出來，那麼這位擁有 Effem 的使用者會是最幸福的主人。

國瑞這段期間陸陸續續接受兩位好友的建言，但他都沒有多言，心想，「我會做給你們看，我現在講太多都沒用。」

　　過一陣子，Pearl 在某個場合看到了 Effem，開心的叫牠，但 Effem 緊黏著國瑞，不像以前寄宿時那般熱絡，她難免有點失落的問：「Effem，你怎麼都不理我了！」但另一方面卻很開心，這表示 Effem 已經認定國瑞了，所以是一種開心的失落感。

　　其實國瑞早已接受 Effem，目前他需要的是方法。他絞盡腦汁試了很多種方法協助 Effem 克服障礙，最後發現，如果下指令的當下輔以手勢提醒，效果最好；還有，如果牠緊張，就一直叫牠的名字，語調輕快（Effem 對主人的聲音特別敏感），加強「口頭鼓勵」。經過一段時間磨合，國瑞看到 Effem 的優點，Effem 也漸漸了解主人不會給牠出難題，Effem 終於走出陰霾。雖然每隔一陣子 Effem 的「膽小病」還是會發作，不過整個趨勢是往好的、正面的方向發展。

　　一般視障朋友與導盲犬的共同訓練有一定的課程，但由於這是國瑞第二度使用導盲犬，共同訓練課程比起第一次幾乎縮短一半。好在 Effem 漸入佳境，總算有了個圓滿的結果：他們通過測試，正式成為一對最佳組合（guidedog team），同時也宣告 Effem 是國瑞的導盲犬。

/ Effem 與 Ohara

國瑞是極少數擁有第二隻導盲犬且第二度接受「共同訓練」的主人，這使他有機會比較前後任導盲犬的差異。

「Effem 和 Ohara 有什麼不同？」這是他最常被問到的問題。

國瑞舉個例子。某天，他和 Effem 從淡水搭捷運要到台北車站對面的衡陽路買電器用品。台北車站的淡水線月台很長，好幾座手扶梯並排成列；Effem 帶他下捷運後搭上手扶梯，準備出站。

由於過去十幾年在台北車站複雜的環境都由 Ohara 帶路，國瑞幾乎不用下指令就可以順利走出去；但國瑞忘記 Effem 是隻新狗（他常忘記），Effem 心想，既然主人沒有指示，應該就直走囉（理論上沒錯，而導盲犬的訓練也是如此）；然而前面的手扶梯是下樓的狀態，直走的結果就是順勢下去。這下國瑞可傻眼了，「我想不透牠怎麼會帶我上來又帶我下去？又不是玩遊戲！」

同樣的事，Ohara 卻有不同的思考。

　　牠知道搭乘手扶梯上來就不可能再下去，既然旁邊十點鐘方向有另一座往上的手扶梯，搭那一台應該不會錯；的確，那正是出台北車站的方向。

　　Ohara的優點是聰明獨立，在陌生的環境中，如果主人不太確定方向，牠會自行判斷，往牠認為對的路走，而且十之八九都沒錯。譬如右轉，國瑞含糊的指東邊，實際上應該往東北走，Ohara會修正方向到東北；如果前面是死巷，牠會在走到底之前先找一條出路。

　　Effem則需要非常明確的指令，牠的個性一板一眼，得指出東邊是幾度方向，否則差個十度牠就完全走錯路；如果前面是死巷，牠會走到盡頭才停下來，等待主人給下一個指令；因為牠不知道主人想往右還是左，而且牠怕犯錯被罵。

　　此外，Ohara走新的路線時特別開心，走得特別快，牠喜歡探險和挑戰；Effem對沒走過的路則猶豫不決，甚至有時候會腿軟不太敢走；所以國瑞很依賴Ohara，對膽小的Effem感到很不習慣。

　　威廉說，如果主人的作風很果斷，只要他說右，導盲犬就會毫不猶豫的向右；但國瑞是個隨和的人，尤其遇到頗有主見的Ohara，情況就反過來由Ohara領國瑞走，而國瑞也樂於把決策權交出去；甚至Ohara

Effem 與 Ohara

偶爾還會挑戰主人。例如有一天下班後國瑞想去游泳，但 Ohara 想回家，他的指令稍微晚下了一點，Ohara 就帶他回家了。所以國瑞跟 Ohara 在一起要隨時提醒牠，「我才是老闆，要去哪裡由我來決定。」如果國瑞沒有很堅持或很快下指令，牠就自作主張了。

然而，不同的導盲犬可以拿來比較嗎？

威廉表示，「通常第二隻狗的共同訓練是最困難的，主人多數時間『心思』都還停留在第一隻導盲犬身上，會情不自禁的拿兩隻導盲犬做比較，會覺得 Ohara 的路線都背起來，我一出門牠就知道怎麼走，而你，我講半天你都不會走。」他常聽主人抱怨第二隻導盲犬很笨，那是因為第二隻對主人的姿勢和動作很陌生，「就像很多人剛交新的女朋友會不經意的想到前任女友的好，例如，我只要開個頭她就懂，而新女友講很多她還不見得聽得懂──類似這樣的落差。」

以國瑞跟 Ohara 相處十幾年的默契，只要他一個往後看的小動作，Ohara 就會自動帶他往後走，這是他們朝夕相處累積起來的共通習慣；但 Effem 是隻新狗，牠接受的訓練是標準手勢和口令，並不是用頭來決定方向，當國瑞的動作和訓練師不一致時，Effem 無法解讀主人真正的用意。

　　又如，國瑞的英文好，講話速度快，很多音常連在一起，由於Ohara已經習慣並且適應，即使國瑞發音不清楚牠仍聽得懂；Effem不一樣，以forward（前進）為例，牠甚至要主人先叫住自己的名字——Effem，讓牠注意力集中，再分兩個音說 for—ward，且字正腔圓才懂；國瑞不能期待和Ohara相處十幾年的經驗可以複製在Effem身上。

　　威廉說，主人想起第一隻的好時已經忘記剛開始牠是菜鳥的情形，就算第一隻很皮，第二隻真的比較乖，主人還是罵第二隻，「拿第二隻『第一個月』的表現和第一隻相處『十多年』的表現做比較時，由於基準點不同，常被比下去，甚至被嫌棄，對第二隻非常不公平。」

　　可是主人的心思如果還在第一隻導盲犬身上，就會影響和第二隻導盲犬之間的關係；因為第二隻導盲犬會從主人的態度和語氣得知主人不喜歡或不認同牠，當牠感受不到愛，能回饋給主人的服務就更少了。

　　撇開初期的帶路風格，Effem和Ohara真的有很多不同之處，例如兩隻導盲犬的身材不一樣，牠們曾使用同一條導盲鞍的扣帶，Ohara使用的是第五個洞，而Effem使用的是第二個洞，從「胸圍」可以看出Ohara的個頭比Effem大很多。

　　生活習慣當然不同，Ohara在草坪上大小便，Effem則在鐵蓋上；

 Effem 與 Ohara

Ohara 若撒嬌都是在家裡，而 Effem 不分場合，不論搭公車或開會，牠隨時隨地都可以撒嬌；另外，國瑞跟牠們溝通的方式也很不一樣，跟 Ohara 在一起比較像哥兒們，有話直說，是男生對男生的一種說話方式；但跟Effem比較像跟女生說話，要輕聲細語，態度柔軟。

還有牠們的個性也可以從偷吃的態度略窺端倪。

有一次，國瑞帶 Effem 到朋友家烤肉，其他狗狗都跑去要東西吃，

個性截然不同的 Ohara 與 Effem。

只有 Effem 原地不動的啃玩具，可見牠是隻守本分的導盲犬；還有一次搭公車，車上有個老太太拿出雞肉放在 Effem 面前，牠也沒吃（後來有人制止老太太的行為並把雞肉撿起來），Effem 是想要但不敢做的那種狗，不像 Ohara 看到美食會蠢蠢欲動，牠工作時不會被食物影響，但沒工作時會想盡辦法找吃的。有一次國瑞跟威廉一起走，當時沒帶導盲鞍，Ohara 遠遠看到地上有吃的就一點點、慢慢的低下頭，沒讓國瑞注意，結果牠如願吃到了食物；牠是那種沒機會就直接放棄，但一有機會就以迅雷不及掩耳的速度搶食的狗。

至於相似之處也不少。像是牠們都不愛洗澡，一到浴室就卻步；又如，高興時會發出「啾啾啾」像打噴嚏的聲音，同時在地上打滾；另外，打呼的聲音都是「咕嚕咕嚕」；而且牠們的小腿都屬細長型；此外，兩隻狗吃東西的速度都很快，屬於囫圇吞棗型，每餐大概只需半分鐘。

若還有相似之處，生日勉強算一個，Ohara 的生日是一月二十三日（過去國瑞曾以為是一月二十七，直到看到紐西蘭寄養家庭轉寄的健保卡才知道是一月二十三日），Effem 是十二月三日，組合都是一二三。

通常視障者跟導盲犬的配對需要經過共同訓練的測試，同時通過

Effem 與 Ohara

「畢業考」這關才成為「最佳組合」；但這一次台灣導盲犬協會卻反其道而行，先是讓Effem和國瑞「湊一對」，再進行共同訓練。

至於原因，威廉透露，協會的狗要不就個性太衝，要不就太活潑，都可能造成國瑞的壓力；Effem的個性和速度不會給國瑞很大的挑戰，而國瑞的性格穩定，動作慢條斯理，如果狗狗犯錯，他不會是一個咄咄逼人的主人；此外，Effem比較膽小，萬一遇到意外，初次申請者可能手足無措，而有經驗的國瑞應該可以處理。

國瑞外在的形象雖然不屬於強者勇者，但實際上卻是會為了導盲犬據理力爭且奮不顧身的主人。但視障朋友在一般人眼裡屬於弱勢者，當他知道自己的導盲犬膽小時，相對的主人就變得勇敢，會想保護這樣膽小的導盲犬；如果一隻膽小的狗在一個比較堅強的主人身邊，或許可以達到協調的效果。

儘管初期Effem的表現不如預期，長期相處下來就有感情了。有一次他們共同訓練結束，Effem帶主人回家，國瑞想訓練牠的膽識，沒特別下指令，結果牠就走過頭了。鄰居阿伯看了忍不住笑說：「哈，這隻比較笨！不會帶路。」

國瑞聽了很生氣，那生氣讓他突然覺得原來自己已經對Effem產生

認同，就像自己的孩子再笨，做父母的都不允許別人罵一樣。回到家，國瑞忍不住蹲下來摸了摸 Effem 的頭，「沒關係，你已經很棒了，Good Boy！」

　　國瑞的生活慢慢步上正軌。某日，他帶著 Effem 跟一群朋友相約出遊，主人們一放開項圈，這些狗狗有如脫韁野馬般向草地狂奔而去，只有 Effem 乖乖的倚在國瑞腳邊，其他狗主人看了很羨慕，問國瑞是怎麼教的，「我苦笑說，這可跟我一點關係都沒有喔，真的是個性問題，我曾經有一隻很會逃跑的狗（Ohara），把大人整得很慘，這一隻很膽小，連鐵門拉下的聲音都會嚇一跳呢！」

　　還有一次，國瑞跟同樣擁有導盲犬的朋友一起去洗露天溫泉，由於現場沒有地方適合放狗，他們只好把狗放在室內，時間長達兩個小時；有些狗幾個小時沒看到主人會產生焦慮的行為，很黏主人的狗狗偏向如此，他朋友的狗就把門抓破了皮；但至少在這方面 Effem 不會，所以國瑞讚許 Effem，「平常很感性，也有理性的一面。」

　　國瑞總結的說：「我常聽到人家評論狗，但我認為人把狗看得太窄了，像我跟牠們朝夕相處以來就發現，牠們就是有牠們的樣子，每一隻導盲犬都是獨一無二的，沒有任何人可以去定義牠們。」

 Effem 與 Ohara

　　這段日子，國瑞的重心逐漸放在 Effem 身上，不知不覺已經遠離失去 Ohara 的傷痛，以前那些翻攪他的情緒逐漸被時間撫平。威廉說得對，新的狗可以療癒失去舊狗的傷痕。

　　Ohara 離開一段時間後，有一天，照顧母親的印尼籍看護瓦蒂（Wady）外出倒垃圾，在電梯間遇到樓上養狗的鄰居。鄰居最近家中的狗老了，快走不動，心情很糟，趁機跟瓦蒂訴苦。瓦蒂親眼目睹三月四日當天，Ohara 被帶走的同時，協會另外帶一隻新狗來的這一幕，於是好心的建議那位太太，「別難過，狗老了可以跟政府換一隻年輕的新狗狗喔，我家主人就是這樣，還有專人送來呢！」那位鄰居張大嘴巴，一臉不可置信；於是瓦蒂回來後馬上向國瑞求證，「我這樣說對吧？在台灣，狗狗老了不是可以跟政府『舊狗換新狗』嗎？」國瑞一聽忍不住噗嗤的笑出來；他以前就懷疑瓦蒂到底知不知道他的狗是「導盲犬」，現在答案終於揭曉了。

再見·Ohara

/ 全新的合作

　　Effem 初期只能走熟悉且練習過的路，牠不能夠常換路線，或得花一段很長時間摸熟環境，才能夠慢慢養成自主性；而且牠怕人多，在忙碌擁擠的地方會焦慮，這點可以從導盲鞍的牽引感覺出來，表示牠對新環境沒有信心。

　　國瑞一直希望 Effem 能「開疆闢土」，多帶他走其他的路，不過始終不如人意。他左思右想，靈機一動，想到之前放在抽屜卻沒使用的指南針；指南針原本就是導航工具，「何不拿出來試試？」

　　這一天國瑞要從「淡江大學」到晴光市場附近的「無障礙科技發展協會」開會。指南針指示他先往東到中山北路再往北走即可。他走出民權西路捷運站後，不巧 Effem 想上廁所，牠尿尿時繞了幾圈，若是以前，國瑞一定搞混方向；但指南針指示的是絕對值，不管繞幾圈，沿路遇到多少障礙物，只要堅定往東邊走就對了。

　　指南針對擁有導盲犬的視障者很管用。一般的視障朋友很怕處在

 全新的合作

人潮眾多的台北捷運站，尤其是尖峰時段，導盲犬雖然會閃避所有的障礙物，但經過幾次 S 形的閃避動作後，主人常失去方向感，這又是指南針發揮功能的時機了；不管環境多複雜、有沒有人可以問路，利用指南針，往淡水就找北方，往南港便找東方，往板橋則找西方，往新店得找南方。只要指南針在手，轉車輕輕鬆鬆，一點都不費力。

有一次國瑞要去華納威秀參加街頭募款活動，這地點他平均兩個月才去一次，很難記住路線；但他發現長距離的行走，更適合使用指南針，「我在市府捷運站下車，掌握一路往南的方向就找到威秀影城；雖然出站後要走一段路，但只要給 Effem 正確的指令，不用擔心路上的障礙物，很快抵達會場，感覺滿爽的！」即使在人潮洶湧的上下班尖峰時段，Effem 也是大步前進，毫不畏懼。

國瑞說，指南針不是視障朋友的專利品，「我相信許多明眼人是路癡，不認識方位……」但他靠著指南針反過來告訴明眼朋友該往哪個方向前進，被引導的明眼朋友則告訴他看到路上哪些招牌、路牌之類的資訊，這一路在他的指引下最後到達目的地，他說：「能夠自己掌控方向的感覺真好。」

現在國瑞出門只要拿出指南針，Effem 就變得很開心，尾巴搖個不

停，連整個身體都擺動，好像看到了救星；國瑞一輕鬆，Effem 便信心十足，曾經去過的地方突然變得非常熟悉，不曾去過的地方也不會迷路，簡直如虎添翼。

Effem 有了自信，走路的速度變快，牠的快走間接糾正國瑞四十多年的走路姿勢。以前國瑞走路是雙腳往外三十度傾斜，有點橫的走；但 Effem 加快腳步之後，國瑞得雙腳靠攏往前跨步，竟然走成直線，沒想到連打盲棒也跑得快了。

國瑞明顯感覺到 Effem 重建自信了。過去在學校遇到小黑之流，只要牠們一兇，Effem 就害怕的躲在國瑞後面；現在偶爾還會跟狗狗吵架呢！有一次他們經過一條很安靜很窄的巷子，沒走幾步路，Effem 卻停下腳步，原來前面有狗擋路，短兵相接之際，那隻狗吼了 Effem 兩聲，沒想到 Effem 不甘示弱，回嗆牠三聲，國瑞說：「我那時覺得 Effem 的膽子真的變大了。」不過 Effem 回叫三聲是導盲犬不允許的動作，後來國瑞也把牠這個反應糾正過來。

其實很多導盲犬的個性會受主人影響，Effem 當「試帶犬」時遇到的寄養家庭都比較「宅」，活動多屬靜態；而國瑞的活動非常多元，常會帶牠去不同的地方，例如打盲棒，Effem 可在草地上奔跑；上彼拉

提斯的運動課，牠有機會跟其他學員互動；外出演講，就有好多聽眾圍過來摸牠，Effem看到這麼多喜歡牠的人，個性也變得活潑。國瑞說：「導盲犬的特質是主人給的，牠的style會跟著主人改變，而且越來越像。」

運用指南針輔助定向，讓國瑞和Effem的行動能力大大升級，活動範圍迅速擴大，尤其生活上的改變最為明顯。

國瑞住淡水，淡水大都是老市區，道路狹窄曲折，不常去的地方很難在心裡形成正確的地圖，稍不留意就會迷路；有了指南針後，不管坐車或走路，他都拿出來研究方向。

「淡水捷運站」是國瑞最熟悉的地方，位在淡水市區的最南邊，亂逛之後只要找到捷運站，就能完全回到最熟悉的路線；於是他在中山路、英專路和學府路之間的巷子穿來走去，不管怎麼逛，想回家了就往南找，輕輕鬆鬆的完成一個人逛街的夢想！國瑞掩不住興奮，「『指南針』真是誘人的工具，我以前真的沒想過可以單獨享受逛街散步的樂趣呢！」

而Effem也開始嘗試新路線。有一次過馬路，因為堵車，旁邊又停了一堆摩托車，國瑞準備拿出手杖時，沒想到Effem變得勇猛，一副願

意承擔大任的模樣，帶他過馬路，該闖該閃毫不馬虎，終於穿過車陣，順利走了出來，結局超乎國瑞的想像。

Effem再接再厲，某日下班返家時，牠突然不走大馬路，轉進了小巷子抄近路，如果在過去，國瑞大概會叫牠走回大馬路，這次他決定放手，沒想到牠居然發現住家附近有一條車子少又近的新路，當時國瑞還有些懷疑，等到確定了是自家的巷子沒錯後，他忍不住蹲下來給牠一個大大的擁抱，稱讚Effem「Good boy！So good！」牠很高興，搖了搖尾巴，表示牠有信心把工作做好了。

爭風吃醋

　　至於退休的 Ohara 則在宜蘭展開輕鬆悠閒的生活。

　　牠每天過著相似的日子：早上隨主人起床，大部分時間趴在客廳休息或打盹，有時在屋內漫無目的的走來走去，偶爾陪婆婆看電視；晚上跟著男主人到咖啡店打烊；如果店裡還有客人，牠會乖乖的站在門外等，直到客人都離開。

　　依帆每個月會帶牠到美容院洗澡，洗澡前牠都一副老大不願意的樣子；但每次洗完澡又特別開心，走路都是用跳的，看起來一下子年輕了五歲。

　　Ohara 來到宜蘭後，依帆夫妻並不想改變牠原有的生活形態，例如Ohara 生病或打疫苗都回到台北原來的地方看診；過去 Ohara 一直跟主人睡同一個房間，他們也在主臥房幫牠布置一個窩。

　　某一晚，Ohara 移到床邊睡，潼潼不小心從床上掉下來，剛好壓到牠，Ohara 完全不生氣，連吭都不吭一聲，好像沒事般，脾氣好得沒話

說。此外，夫妻倆原來開的休旅車因為太高，以至於 Ohara 的腳無法跨上階梯，他們遂決定另外買一部底盤較低的 HONDA。

潼潼也喜歡 Ohara，在他幼小的心靈，Ohara 就是他的狗，他要按三餐餵牠吃飼料。依帆夫妻給 Ohara 東西時會先命令牠坐下，潼潼如法炮製；沒想到 Ohara 根本不理，大概知道他是小鬼，沒什麼分量，直接跳起來吃掉他手中的零食，心裡一定想，「你憑什麼命令我？」差別很大呢！

不過小孩不介意狗狗大小眼，每次帶牠出門，潼潼都備好垃圾袋，打算隨時裝 Ohara 的大便；Ohara 年紀大走路慢，他也跟著放慢腳步；他的視線永遠盯著 Ohara，深怕牠不見了。

潼潼真心對待 Ohara，如果有人想帶牠走他會很生氣。有一次他們要出國，爸媽只好把 Ohara 留在朋友家，潼潼又哭又鬧就是不准；他們只好趁兒子睡著才把 Ohara 帶下車，沒想到兒子剛好醒來，哭紅了眼直喊 Ohara。

住家附近大部分的鄰居都知道他們收養了一隻退休的導盲犬，但不是所有人都知道。某日，一位客人邊喝咖啡邊盯著門外的大狗看，越看越狐疑，好像在哪看過，便問女主人，「這隻狗叫什麼名字？」依

争風吃醋

帆說：「Ohara！」他喝完咖啡後跑回家拿週刊回來，比對上面的照片說：「喔，原來你就是退休的導盲犬喔！」這麼一說，店裡的客人都知道了，還拿出相機幫牠拍照哩！

國瑞大概每個月會帶 Effem 到宜蘭「探親」。其中一次在週末早上，志工郁馨陪他一起過去。那一天宜蘭下雨，他們的活動範圍不得不侷限在家裡。

一進門，Effem 見到 Ohara，立刻走過去，兩隻導盲犬自動玩在一起，感覺是互相喜歡的朋友，氣氛非常融洽。

依帆家是木質地板，兩隻狗「的克、的克」地跳來跳去，聲音響亮悅耳，聽起來像跳踢踏舞。以前牠帶國瑞走路都是一步一步慢慢的走，在宜蘭家裡卻是跨大步，衝來衝去，還在地上打滾給大家看呢！

依帆的婆婆也出來迎接客人，跟大夥閒話家常。言談中，她總會情不自禁的展現對 Ohara 獨特的關愛，看到地板上有幾撮毛，忍不住嘀咕，「怎麼這麼多毛？應該不是我們 Ohara 的吧？我們 Ohara 比較不會掉毛……」三不五時還比較兩隻狗狗的優缺點，並下結論，「『我們的Ohara』看起來比較乖！」講滿多次的。

婆婆那一句句「我們的 Ohara」讓國瑞心裡酸酸的，心想，「Ohara

跟我十多年,怎麼才剛去你們家一個月,馬上變成你們的了?」他很矛盾,把Ohara送給收養家庭照顧,當然希望對方視牠如己出;一旦知道對方非常疼愛牠,感覺反而怪怪的。他問自己,怎麼辦?對Ohara的關心和愛是否應該節制?能不能像以前那樣對Ohara提出要求?表現出「Ohara是我的狗」的樣子?

陪同的郁馨讀出國瑞的心情,在旁邊小聲安慰他,「婆婆會這麼說表示很愛牠,已經把Ohara當成家中的一分子,你就當她是個溺愛孫子的阿嬤吧!」

那天Ohara很開心,牠玩得差不多了,才主動靠近國瑞。好久不見,國瑞一直摸Ohara,但時間久了Effem吃醋了,主動走過去碰碰國瑞,希望主人多注意牠;國瑞只好一次摸兩隻,誰都不冷落,周圍的人則糗國瑞,「哇塞,你真幸福,同時擁有兩隻導盲犬,還左擁右抱的勒!」郁馨後來把Effem帶開,告訴牠,這時間主人必須保留給Ohara,Effem似乎聽懂了,乖乖的跟大夥到外面晃晃,展現貼心的一面。

這一次國瑞到宜蘭探親還幫Ohara打了一個牌子(Effem也有,國瑞後來買東西都買兩份),上面寫著「OH YEAH,請幫忙聯絡我的家人」。牌子上的英文「OH YEAH」是Ohara中文名字「歐爺」的英譯,

 爭風吃醋

因為國瑞知道女主人為牠取「歐大爺」的綽號，簡稱「歐爺」，這是他們對這隻勞苦功高的導盲犬的敬稱；後面接著依帆的手機號碼，以防牠走失，撿到的人可以很快通知女主人。

　　國瑞這一趟來，依帆夫婦有個突破性的進展要告訴國瑞。Joe認為Ohara已經退休，不希望再用繩子綁住牠，但考慮到過去逃跑的紀錄，怕萬一不見了該怎麼辦？

　　於是他們想出一套訓練Ohara不會逃跑的方法。有一次他們到羅東運動公園玩，依帆卸下Ohara的狗鍊，牠立刻狂奔而去，跑一段路還回頭看有沒有人追上來；如果有人追，牠跑得更快，這情形跟以前完全一樣。Joe試著反其道而行，大膽的放開繩子，Ohara即使快跑，他們也不追，因為公園視野寬廣，可以清楚的看到牠跑到哪裡，並不令人擔心；由於沒人追，Ohara感覺「逃跑」這「遊戲」不再有趣，想逃的動機減少，竟然不再跑了。另外，當牠蠢蠢欲動時只要馬上喊「Ohara No！」加上兇一點的口氣，讓牠知道逃跑是不好的「習慣」，牠會主動停下來。還有一次，全家出門踏青時，依帆故意把Ohara放開，夫妻倆分別躲起來，牠很緊張，擔心自己被遺棄，反過來找他們，所以現在外出牠都很乖，緊緊的跟在主人後面，不敢逃跑、不敢造次；甚至依帆會故意鬧牠，一出門就跟牠說bye－bye，Ohara緊張得趕快跟上……

　　國瑞聽了大搖其頭，「真的差太多了，我以前帶Ohara外出都緊張得要命，狗鍊套太久覺得應該讓牠放鬆，一放鬆牠就逃跑，一跑我就得

 爭風吃醋

找，只要出門都得跟自己的意志力對抗，過去十多年都處在這種掙扎的狀態；沒想到你們一個月就搞定，不僅不用狗鍊，還讓Ohara自由自在的在寬大的綠地奔跑，真是太厲害了。」

郁馨很替國瑞叫屈，直說Ohara欺負盲人，以前跟國瑞在一起，常跑給國瑞追，讓人擔心；現在遇到明眼人，反而害怕新主人不見，真是太不公平了。

雖然依帆夫婦是Ohara的收養家庭，但他們仍尊重國瑞是Ohara的主人，任何重大決定都會徵詢國瑞的意見。

秋末的某一天，國瑞接到依帆的電話，她說，宜蘭很悶熱，想幫Ohara剪毛，問問國瑞的看法。其實收養家庭可以作主，不過他們願意問國瑞，國瑞還是很高興。不過那一次的通話後來被其他話題扯開，最後根本沒談到剪毛的事。

國瑞一直惦記著，他覺得九月過後天氣變涼，很快入冬，Ohara長毛需要三個月的時間，屆時光禿禿的身體無法禦寒，希望依帆加以考慮；由於沒機會說，國瑞也不好意思特地為這件事打電話。

十月初，國瑞去花蓮盲棒隊的隊友家玩，心想既然出遠門，就順道去宜蘭看Ohara吧，像是孩子託人照顧應該三不五時去看看一樣。

　　Ohara 見到主人立刻衝上去，這時的 Effem 則跑到收養家庭旁邊，感覺像是「你搶我地盤，我也要搶你地盤」。然後 Ohara 再回到收養家庭身邊，Effem 則回到國瑞身邊，一兩分鐘後兩隻狗再一起玩。

　　國瑞遇到 Ohara 的第一件事就是摸摸牠的毛，確定沒有被剪短後，他安心了，感覺跟收養家庭心有靈犀一點通。

　　依帆盡地主之誼，招待國瑞喝咖啡，同時端上一盆水給 Effem 喝；妙的是，這時 Ohara 也靠過去，Effem 雖是客人卻懂得禮讓，牠等 Ohara 唏哩呼嚕的喝完再過去喝，大家看了不禁莞爾，牠們竟保有兄友弟恭的美德哩！

　　國瑞說，Effem 小時候不懂江湖規矩，曾跟大狗搶東西，被兇過幾次，再加上膽子本來就小，才養成牠謙讓的個性。不過依個性來看，牠們就是會禮讓彼此的狗，「有人說家教好，這我就不否認啦！」

　　依帆告訴國瑞，Ohara 早上幾乎待在家裡不出門，「因為早上太陽大，歐大爺出去腳會燙傷；直到下午三、四點多才會帶牠出去散步。」當時大約下午四點，依帆夫婦建議大夥到草坪上走走。

　　走到大馬路上時，不管是男主人牽 Ohara 還是女主人，他們都堅持走外側，用意是保護 Ohara。在國瑞的印象裡，只有父母才會這麼保護

 爭風吃醋

孩子，依帆夫婦話雖不多，卻用行動展現對 Ohara 的愛，這點讓國瑞十
分感激。

　　一行人從大馬路轉進清靜的巷弄，氣氛立刻不同。微風徐徐，風中

有清新的花香，感覺舒暢宜人。Ohara 沒套上狗鍊，但牠每走幾步就回頭看看主人是否跟上；宜蘭環境清幽，生活步調緩慢，的確適合養老。

Ohara 走路緩慢，可是看到綠色草坪仍充滿熱情，Joe 帶牠走一圈文化中心，牠就氣喘如牛，要躺下來休息了。

這時「阿弟」跟著主人出來散步。「阿弟」是附近一隻跟 Ohara 一樣的拉不拉多和黃金獵犬的混血兒，「阿弟」每一次遇到 Ohara 都高興得不得了，任主人怎麼叫都叫不回來，有時還騎到 Ohara 的背上呢！Joe 告訴國瑞，Ohara 不太喜歡其他的狗，這裡經常有很多狗過來玩，Ohara 都沒有興趣跟牠們玩，總是單獨的走。國瑞說，Ohara 的個性就是如此，年輕時也一樣。

國瑞跟著他們站在草坪上聊天，儘管已經過了半年，但想到中間經歷了那麼多事情，他還是感傷；總覺得心裡有一個角落是空虛的，無法填補。

╱從「導盲犬」到「寵物犬」

依帆夫婦收養Ohara幾個月後，「惠光導盲犬基金會」出現了。

他們捎來消息，「Ohara屬於惠光導盲犬基金會，如果要辦理退休，理應從『惠光導盲犬基金會』退休，而不是從『台灣導盲犬協會』退休。」

依帆夫婦詫異不已。

話說，威廉原屬新莊盲人重建院「惠光導盲犬基金會」的一員，在職期間被派到紐西蘭一所頗具規模的「皇家導盲犬中心」受訓，不少國家也都派學員到此接受訓練。

然而威廉在紐西蘭受訓一年後（一九九九年），「惠光導盲犬基金會」就終止這項導盲犬指導員訓練計畫，他則決定繼續留在紐西蘭，自己想辦法完成之後三年的訓練課程。

回到台灣後不久，威廉自立門戶，成立「台灣導盲犬協會」，目前的「惠光導盲犬基金會」和「台灣導盲犬協會」是備受矚目的導盲犬相

關單位。

惠光導盲犬基金會的導盲犬運作曾經停頓兩年，雖然後來仍與國瑞有所聯絡，不過國瑞和Ohara卻一直跟著威廉，並配合台灣導盲犬協會的活動。

如果要退休，就法律的角度，Ohara的確屬於惠光（當初來台的公文顯示如此，但每個國家的規定不同；在國外，有些導盲犬屬於視障者所有），得從惠光導盲犬基金會辦理手續，如此才能完成合法的行政程序。

然而依帆夫婦認為，Ohara來自台灣導盲犬協會和國瑞，如果要退還，理應物歸「原主」；歷經幾番折騰，國瑞主動向惠光提出申請，由他自己領養Ohara，在法律上先做個了結。

六月初，依帆載Ohara到協會，歸還Ohara的情景跟幾個月前國瑞把Ohara交給依帆時一樣，只是主角相反，依帆不斷的啜泣，相當不捨；Effem心情也不好，因為Ohara回來牠必須離開，協會只好暫時將牠託給原寄宿家庭Pearl照顧。

離開前，依帆表示想載他們一程，國瑞說好。車子開到捷運站，當國瑞牽著Ohara走時，牠一臉狐疑，頻頻回首，最後忍不住掙脫國瑞走

回依帆那兒，依帆示意牠得跟國瑞走，Ohara糊塗了，不知道發生了什麼事，直到國瑞為牠套上導盲鞍，Ohara更困惑了，牠心裡一定在問，「難道我還要繼續工作嗎？」

　　其實導盲犬進入公共場所都得套上導盲鞍，否則會被視為寵物，而寵物不得進入捷運站，所以Ohara即使退休，進捷運站還是得套上導盲鞍，這只是身分上的一種確認而已，跟退休與否無關。

　　走出淡水捷運站，國瑞收起導盲鞍，Ohara似乎確定自己的確退休了，之前的疑慮隨即解除。雖然牠還是指引國瑞走正確的路，卻直接帶他到「計程車停車處」——原來聰明的Ohara想搭計程車，不想再搭公車了。

　　回到熟悉的家，Ohara一點都開心不起來，看到玩具也只玩了兩三分鐘。

　　隔天，他們一起上班，以前Ohara都走在前面帶領國瑞，這回換成國瑞拿著手杖套上項圈帶牠走。彎進巷子，幾輛摩托車揚長而去，那嘈雜的聲音讓Ohara感到厭煩，牠一度卻步，國瑞很明顯的感覺到牠不再喜歡這裡。

　　國瑞上班期間，Ohara大部分時間都在睡覺。下班後，國瑞一時忘

記牠退休，不小心為牠套上導盲鞍，沒想到Ohara竟然不走，就站在原地不動，等國瑞卸下導盲鞍牽起繩子，牠才走。國瑞很狐疑，「牠真的知道自己退休了嗎？」於是國瑞趁牠走到半路再偷偷的套上導盲鞍，沒想到牠馬上停下腳步，直到國瑞再度把導盲鞍卸下，國瑞打趣的說：「Ohara現在的心態是，你要我當志工可以，要我工作，免談！」

導盲犬是怎麼知道自己退休的呢？威廉說，當導盲犬的生活形態出現巨大轉變，且持續一段很長的時間（像收養家庭沒使用導盲鞍），這些情形的確跟牠執勤時不一樣；而Ohara知道自己老了，不論是工作專心程度、行走速度都跟以前不一樣，之前套導盲鞍的生涯應該結束，自然會認為已經退休不需要再工作了。

重返國瑞家，Ohara的身分從「導盲犬」變成了「寵物狗」。

傍晚天氣還很熱，國瑞馬上開冷氣，喚Ohara過來吹，頓時他也被自己的舉動嚇了一跳；若是Effem，頂多吹電風扇，「為什麼對待兩隻狗有明顯的差別呢？」國瑞自問自答：「我大概覺得Effem是隻年輕的狗，要有刻苦耐勞的精神；但Ohara是高齡犬，該讓牠享有VIP級的待遇吧！」

往後的日子，國瑞不再給Ohara任何指令，一有空就帶牠去串門

子，看看一些老朋友，如果牠想散步就陪牠散步，尿尿時，牠愛在草坪聞多久就聞多久，當然出遠門一律改搭計程車了。

　　Ohara回到淡水後的某個週日，國瑞帶牠並邀Effem及曾是Effem寄宿家庭的Pearl還有志工朋友一起去游泳。他們相約在捷運站集合，當天Pearl早國瑞一步到達，當Effem遠遠的看到國瑞左邊站著Ohara時，情緒有些激動，心裡大概很疑惑，「為什麼主人牽著別的狗？」牠大步跨前，主動靠近國瑞，硬是把Ohara擠走，像是宣示主權——這才是我當導盲犬的位置！Ohara知道自己已經退休，沒跟Effem爭寵，順勢讓位，Effem則走在國瑞的左前方，堅持帶路。

　　他們一行六人，得分搭兩部計程車前往游泳池才行；計程車沒有同時來，Effem跟著Pearl和志工搭上先來的計程車，但上車後的Effem很恐慌，癡癡的望著窗外，那表情彷彿是：「我的主人國瑞呢？怎麼沒跟

上來？」車子開走了，Effem的眼神流露出失望和落寞。

志工忍不住說：「下一次，不要同時帶牠們出遊了！」

國瑞知道後很難過，他把兩隻導盲犬都當自己的孩子，帶Ohara去游泳，當然也希望Effem一起去，只是他忽略了Effem的心理，當Effem看到主人被另一隻狗霸佔，心裡的確不是滋味。「唉，我覺得很對不起牠們，因大人的法律糾葛，讓想退休的沒辦法退休，想工作的沒辦法工作。」

游泳池畔有一塊綠地，狗兒們悠閒的晃來晃去，彷彿暖身；大人們打開登山包，裡面有不少裝備，接著喚牠們過來換裝。

國瑞先幫Ohara穿上游泳衣，牠年紀大，後腿無力，穿上泳衣游起來關節比較放鬆，但Ohara不想下水；Effem沒穿泳衣，因為牠年輕、體力好，不過膽子小，不敢下水；國瑞只好換上泳衣先下水，待在泳池，一一呼叫兩隻狗下來玩，怎奈牠們站在岸邊眼巴巴的爭取國瑞的關愛，希望主人主動先抱牠下水。

國瑞先抱Ohara，Ohara泳技佳，穿上泳衣悠游自在的游來游去；但Effem撲通一聲跳下水後就原地不動，牠花很多時間觀察環境，國瑞跟在一旁，不斷叫牠的名字，鼓勵牠、增加牠的自信，還陪牠游一段，

Effem好不容易適應水性了，卻只敢沿著池邊游，不管游幾趟永遠保持一直線，只游自己熟悉的範圍，對牠來說池邊最安全；另一方面大概怕迷路游不回來吧！

他們在泳池游了約一個小時後上岸，兩隻狗不約而同的發出「啾啾啾」的聲音，國瑞聽到這聲音知道牠們很開心，他也開心的笑了。

七月底，國瑞所屬的盲棒隊將代表台灣赴美打世界盃。行前，惠光的督導希望他們趕緊把簽約手續辦完，「如果出國前沒簽完約，國瑞肯定無法安心在美國比賽，他一定掛心台灣的狗會不會被別人搶走？」之前已經造成了誤會，「至少在簽約的時間點上，我們要為視障者爭取時間上的優勢。」

就在國瑞出國前，雙方完成簽約程序。公文上載明，二〇一〇年八月五日，Ohara解除導盲犬身分，由國瑞收養，法律爭議也宣告落幕。

國瑞簽約完成後，則私下以朋友的身分委託依帆夫婦繼續照顧Ohara，Effem則在國瑞由美國返台後，回到淡水的家，重回主人懷抱。

/ 那些傷心的消息

二〇一一年一月十二日傍晚，國瑞收到一封來自柯明期的 e-mail，他忍住哀傷讀完整封信。

台灣第一隻導盲犬 Aggie 已於二〇一一年一月八日下午四點四十分在睡夢中辭世，享年十六歲。

Aggie 雙親來自澳洲皇家台灣導盲犬協會，一九九四年十二月五日出生於新莊台灣盲人重建院惠光導盲犬中心。

此日亦是台灣的愛盲日，或許冥冥之中注定了她將為台灣的導盲犬發展擔負起拓荒者的角色。

一九九六年一月七日，Aggie 被送至日本大阪光明之家接受導盲養成訓練，同年八月一日完成訓練返台，正式開始服役。開啟了台灣導盲犬史上新的一頁！

　　承載著社會大眾的新奇、懷疑、接納、拒絕，背負著第一的使命，她兢兢業業地踏出每一步。

　　服役期間長達七年，二〇〇三年六月Aggie正式退休。二〇一一年一月八日於睡夢中辭世。

柯明期——永遠的追憶

　　柯明期過去曾是盲人重建院的教務主任，視障界稱他為柯老師。柯老師與Aggie配對的受訓期間，訓練師告訴他，日本東京二次世界大戰時曾出現第一隻導盲犬，但失敗了，因為社會大眾不接納，導致這位視障者和導盲犬到處被趕，最後不得不放棄；直到十年後才再度有導盲犬的出現，「身為台灣第一隻導盲犬的主人，你要有心理準備。」

　　果不其然，當時台灣社會對導盲犬還不了解，Aggie是開路先鋒，去哪兒都被趕被罵，發生很多衝突，身心俱疲；「我感覺很明顯，我們一出門牠興高采烈的搖尾巴，當有人罵牠時，牠的尾巴立刻垂下來。」還有流浪狗也不放過牠，常常把牠圍住，對牠吼，嚇得Aggie不敢走。柯老師有心突破，所以到處宣導、演講，國瑞的Ohara就是在柯老師的演講後決定申請的。

 那些傷心的消息

　　Aggie 七歲那年，紐西蘭（後來盲人重建院與紐西蘭皇家導盲犬中心合作）皇家導盲犬中心的負責人 Ian Cox 來台灣，他覺得有義務追蹤 Aggie 的狀況。那年柯老師在師大念研究所，Ian Cox 說：「我們一起去學校走走，我想看 Aggie 的工作情形。」

　　在師大走了一圈後，Ian Cox 告訴柯老師，「Aggie 的前後腳關節都已經退化了，從牠走路的模樣可以看出牠的腳很痛，但是牠為了要討好你，『掩飾』自己的痛苦，不讓你察覺出來，或許該是讓牠退休的時候了。」柯老師一點心理準備都沒有，內心掀起劇烈的震撼。

　　從那一次起，柯老師開始注意 Aggie 的情形。他發現 Aggie 平常走路的速度的確變慢了，每次上樓梯時（他家住四樓，沒有電梯），牠總是望著前方，停頓一下，柯老師下指令牠才走；Aggie 爬到四樓會小小的叫一聲，他回想當時的情形，Aggie 應該特別痛，這表示牠真的老了。他還記得有一次 Aggie 痛得沒辦法走路，竟然用跳的，旁人跟他說：「牠的後腳沒有著地。」後來照 X 光才發現那隻腳退化，關節的軟骨已經碎裂了。

　　Aggie 退休時只有八歲，一般導盲犬退休年齡是十歲，所以牠算是較早退休的導盲犬。「從那天起，我幾乎每天睡不著，好像身邊的人真

的要離開了。」大家幫Aggie辦了退休儀式，柯老師當場把鍊子交給收養家庭，激動的說：「麻煩你好好照顧牠。」

Aggie不當導盲犬後過得很快樂。二〇〇九年柯明期去台中看牠時，Aggie已老態龍鍾（十五歲）。柯老師說：「Aggie，come！」牠停頓幾秒鐘，還認得出主人，慢慢的走過去，蹲在柯老師腳邊，「那一剎那，牠跟我一起打拚七年的往事都回來了。」那時培養的「革命情感」難以磨滅，「我們一起跟人家吵架，去爭取權益，跑內政部、交通部要公共設施准導盲犬進入的公文……」他心裡很安慰，「還好牠早一點退休，充分享受到晚年悠閒的生活。」

一般導盲犬的壽命大約十二歲，可魯就是十二歲過世的。Aggie能活到十六歲算是長壽，連獸醫都很訝異，直呼可以列入金氏紀錄了。

這一年來，國瑞陸續接到不少導盲犬往生的訊息。Aggie走的前半年，煥賢的Cooper先走了，國瑞同樣收到類似的e-mail，這一封信由煥賢的太太欣靜發出。

各位朋友：

Cooper於二〇一〇年六月二十八日上午七點十四分往生（二〇一

年二月八日——二〇一〇年六月二十八日），享年九歲四個月。

　　清早一如往常，Cooper 在煥賢腳邊搖尾巴開心戴鞍出門。走到半路步伐突然變慢，越來越慢，約半分鐘七點十三分時趴在地上後就完全不動，逐漸沒了氣息，好心的路人幫忙急救並聯絡獸醫師，七點四十分獸醫趕來時已無呼吸心跳，過程平靜安詳。

　　感謝台灣導盲犬協會全程協助處理，目前已將遺體冰存於深坑康寧寵物安樂園，七月三日（星期六）下午一點舉辦告別火化儀式。

　　如果各位有空，希望能前來陪牠走完最後一程。

欣靜

　　煥賢跟國瑞曾是淡江大學盲生資源中心的同事，Cooper 與 Ohara 同事一年多，牠們同時還是鄰居；有時候下班煥賢會帶 Cooper 到國瑞家找 Ohara 玩，兩隻狗是好朋友，國瑞也非常喜歡牠。

　　後來煥賢離開了淡江搬到竹圍。有一次國瑞從淡水搭捷運到台北，捷運開到竹圍站時，他感覺 Ohara 在動，就摸摸牠的頭看發生什麼事，這一摸，摸到的竟是 Cooper 的頭（Cooper 的頭比 Ohara 小很多），原來 Cooper 主動帶煥賢到國瑞那兒跟 Ohara 打招呼。

　　國瑞把這個小故事寫在Cooper的留言板上，「你是這麼可愛、這麼友善，你看到任何熟悉的人都猛搖尾巴，尾巴搖晃發出動動動的聲音，唯恐別人不知道你有多麼喜歡他。我可以想像你咧開嘴巴的笑臉呢！」

　　七月三日，國瑞在Effem的帶領下到深坑寵物安樂園參加Cooper的喪禮。

　　火化場的地下室有個禮拜堂，煥賢是基督徒，喪禮以基督教儀式進行。Cooper躺在棺木裡，親朋好友走到棺木前可以摸摸牠，跟牠道別。由於解凍的關係，國瑞感覺摸起來不是冰冷的屍體，倒像個洋娃娃，軟軟的，卻是深深的思念。他說：「你在人世間的表現很棒，一路好走，Cooper！」

　　追思禮拜進行的空檔，前來參加的導盲犬主人趁機餵狗喝水，國瑞聽到狗狗喝水的聲音覺得特別感動；相較於煥賢的眼淚，他們還有狗狗陪伴在身旁，是多麼的幸福！

　　Cooper的走，讓大家開始重視導盲犬的健康，相約定期到醫院做檢查；原本很多主人跟國瑞一樣捨不得導盲犬退休，現在改觀了，會想幫狗狗找到好的收養家庭。

　　追思禮拜過後，國瑞再度收到煥賢夫婦的e-mail。

那些傷心的消息

國瑞：

　　天使 Cooper 已帶著各位的祝福回到天堂。謝謝你來送行，感謝你這段期間給予的關心、安慰與鼓勵，相信 Cooper 能了解你的心意。

　　沒了 Cooper，我們都很落寞，最近常有朋友打電話關心我，也聊到了 Ohara 回來你身邊的事（註：指因法律問題暫時由國瑞收養 Ohara 一事），我聽到這件事，覺得 Cooper 回來了。

　　Ohara 是我認識的第一隻導盲犬，很久很久沒摸牠了，欣靜想看 Ohara，想問你，平常或假日是否可跟你約個時間去看牠，順便讓我們的小朋友摸摸很棒的 Ohara。

　　若你方便的話，我們應該會四點之後到，那時比較不熱了，或許能和 Ohara 一起去散步。

祝日安

　　　　　　　　　　　　　　　　　　　　　　　　　　　煥賢

　　國瑞收到信後很快與煥賢約時間，他們一家三口看到 Ohara 之後，欣靜寫了一封 e-mail 給國瑞。

國瑞：

　　今天能摸摸 Ohara 以及和你聊天，我們都覺得很開心，我家小朋友也是。見到健康帥氣的 Ohara 和牠那永遠年輕的臉蛋，很替你們欣慰。不管是你或是收養家庭都這麼細心的照顧牠，牠很幸福。

　　不管 Ohara 之後會到哪裡，相信都會被好好的照顧，我們會為牠禱告，上帝都會做好安排，我們也會替你們加油。

　　對了，煥賢已經再申請一隻導盲犬，牠叫 Ocean。失去 Cooper 他很空虛，但申請第二隻導盲犬會擔心哪一天牠走了，心靈上還得承受再一次的打擊。不過沒有導盲犬的確很不方便，尤其我們家到火車站很遠，後來煥賢還是決定再申請一隻。下一次有機會再安排你們見面囉！

欣靜

分離，再起風波

　　時序邁入三月，寒風逼人，台灣經歷有史以來最長最冷的冬天；對依帆夫婦而言亦是如此。

　　就在 Ohara 在宜蘭住滿一年之際，社區內雜音四起，有人對大狗隨地大小便及踩草皮……等情形很有意見，遂提出新規定——不能養大型犬，以避免大樓有異味；新主張獲得不少住戶同意，卻直接衝擊 Ohara 的居留權。儘管依帆夫婦提出許多佐證證明以上行徑非 Ohara 所為，不過商量未果，依帆夫婦只好求助於台灣導盲犬協會。

　　威廉初聞訊息很訝異，擔心 Ohara 心靈受創，但也不希望牠在不受歡迎的環境下繼續生活；他考量依帆夫婦在社區還要做生意，毅然決定讓牠離開。

　　接下來，為 Ohara 另覓新住所成了威廉的當務之急。

　　協會透過廣告、DM 傳遞這項消息，並向以前報名過的家庭一一詢問他們收養 Ohara 的可能性，同時強調這隻狗已經十三歲了。

　　這不是一件容易的事。過去協會不斷向社會徵求收養家庭，結果以願意收養「淘汰」（年輕）者較多，收養「退休」（年老）者較少，像已退休的 Ohara 第二度徵求收養家庭，有意願者就更少了。

　　「台灣導盲犬協會」和「惠光導盲犬基金會」雖屬兩個不同單位，不過雙方的收養家庭或寄養家庭互有聯絡，他們都知道兩邊的訊息；其中以收養過退休導盲犬 Onor 的女主人 Julia 最受到協會的注意。

　　Julia 從小愛狗。多年前的某個早晨，她去 Starbucks 買咖啡時巧遇當時才七個月大、正在受訓中的導盲犬 Nicole 及寄養家庭，在那短暫熱烈的交談中，她得到一張「惠光導盲犬基金會」的 DM。返家後，Julia 興高采烈的跟基金會聯絡，並嘗試「試帶」。

　　第一隻狗只有八個月大，畢竟是小狗，調皮不懂事，三不五時就挑戰主人，例如你不准牠坐沙發，當你一離開，牠馬上「砰」的跳上去，那隻狗雖然只帶三天，卻為他們帶來「震撼教育」；後來陸陸續續帶了好幾隻幼犬，有的住三天有的住五天有的住一個禮拜，都是「短期寄宿」，直到 Onor 報到，她才成為真正的收養家庭。

　　Onor 七歲半時因為心臟病而退休，但命運多舛，經歷幾個收養家庭都因故被退回，最後在 Julia 家找到歸宿。

分離，再起風波

十一歲那年的某一天，Onor突然又喘又咳，Julia及醫生起初以為只是感冒，但兩個禮拜後Onor開始咳血，心跳持續高達兩百（一般狗是七十），醫生研判牠將不久於人世，Julia感到很震驚，完全沒有心理準備；然而大家都看得出Onor很痛苦，Julia終於開口，「你可以放下，安心的走，麻麻會堅強起來，不要掛心。」從牠有狀況到走只有短短的兩個月，走得非常突然，享年十一歲；後來醫院希望解剖做研究，結果發現牠的腫瘤已經轉移全身。

Onor走後，家裡有如失去陽光般的寂寥與冷清。夜深人靜，Julia為Onor寫哀悼文，眼淚簌簌落入鍵盤，傷心欲絕。她幾乎在淚水中度日，難過就哭，看到照片也哭，想哭就哭。很多人想送狗給Julia，希望她藉此轉移哀傷；但Julia沒有接受。

過了好一陣子，傷痛逐漸平復後，她通知了Onor遠在紐西蘭的寄養家庭。她是位滿頭白髮的老太太，有十六年的寄養家庭經驗，Julia收養Onor之初，她還把牠小時候的照片和資料整理成一張光碟寄到台灣來呢！

然而，老太太聽到噩耗沒有太多波瀾，喃喃的說：「那是我第三隻離開的狗狗了！」她很快拋開哀傷，接著跟Julia分享目前正寄養的那隻

狗的個性和嗜好，似乎對生死已處之泰然。

　　老太太的淡然，其實是另一種形式的堅強。Julia 說：「她讓我感覺，不管你的狗去別的國家工作或當小天使，都應平心靜氣的看待，這才是寄養（收養）家庭的精神啊！」

　　這段期間，不少網友在她的部落格留言，鼓勵她走出來。那個部落格是 Julia 為 Onor 成立的，她用文字和照片敘述牠的生活點滴，吸引不少網友熱烈討論。威廉也是網友之一，他曾在網路上與 Julia 聯繫過，只是彼此不熟，不過對於 Julia 照顧這隻年邁導盲犬的精神和愛心，倒是欽佩不已。威廉私下揣測，或許 Julia 是不錯的人選；於是就冒昧先打電話給她，探詢是否有意願「試帶」Ohara 以及進一步考慮收養的事。

　　這件事情來得突然，讓 Julia 塵封已久的心微微顫動。她不禁問自己，「妳準備好了嗎？」她不知道自己是否有能力再照顧另一隻退休的導盲犬，或者，是否勇敢到足以再一次承受別離的傷痛，畢竟是一隻高齡十三歲的老狗。

　　她的心情莫名其妙的緊張起來，好像一切已經就緒，就等著他們就定位似的。這是老天爺的安排還是緣分？

　　那一陣子日本發生有史以來最大地震所引發的海嘯，所有的電視都

分離，再起風波

在播放恐怖的海浪吞噬大片農田、民房、道路的畫面，路面的建築一一被淹沒，人車驚恐逃命，處處斷垣殘壁，瓦礫遍布……日本大海嘯讓 Julia 再度與悲傷共處，她從過去一年跟跟蹌蹌的腳印中學習如何堅強的面對悲痛，她向上天祈禱：「請賜給我勇氣，讓我做出智慧的決定。」

隔天，她跟拔拔（Julia 對先生的暱稱）說：「人家都找上門來，我想先答應讓牠試住好了；但是你放心，如果牠的健康狀況不好，我是絕對不會考慮的。」說得斬釘截鐵。

威廉先到 Julia 家做環境評估，由於老狗不能爬樓梯，他特別在意住家有沒有電梯；到了才發現那是遠離鬧區的一棟嶄新公寓，一樓有類似飯店的 lobby，整體看起來非常明亮、乾淨、衛生，附近的公園有寬廣的步道，適合 Ohara 散步，他看了非常滿意。

在雙方約定好的日子，威廉開車載著依帆夫婦、Ohara 連同牠所有的家當抵達 Julia 家。

Julia 一見到 Ohara 就不停的撫摸，流露關愛之情。由於之前 Onor 有心臟病，Julia 很重視健康問題，仔細詢問關於 Ohara 的狀況，包括大便、喝水、吃藥還有生活習慣等；不過當天她沒有承諾要成為 Ohara 的收養家庭，只說願意「試帶」，並測試彼此合不合適。

　　威廉簡單的幫 Ohara 做「自我介紹」。牠於一九九八年出生於「紐西蘭皇家導盲犬中心」，跟 Onor 同校，是 Onor 的學長；雖然 Ohara 和 Onor 都是 O 字母開頭，但沒有血緣關係，只是 Onor 出生時，剛好又輪到 O 字母命名。

　　大夥閒話家常，依帆夫婦大約停留一個多小時。離開時，Ohara 跟著他們到門口，依帆暗示牠留步，最後是 Julia 拿出零食把牠留了下來。

　　Ohara 雖然勉強留下來，卻一臉疑惑，那表情似乎在問，「這是哪裡？我怎麼又到了一個陌生的地方？」

　　Julia 親切的倚過去，指著為牠準備的水壺，「歐拉拉（Julia 對 Ohara 的暱稱），那邊有水喔！」牠聽懂了，無精打采的走過去，應付式的喝了幾口水，轉身走回客廳，步履沉重，腦海大概還想著自己未知的命運吧！

　　Julia 為了安撫牠的情緒，拿出零食，Ohara 眼睛為之一亮，Julia 要牠稍安勿躁，先坐下再好好享用。當她喊「sit」時，Ohara 吃力的蹲下，動作緩慢而痛苦，尤其後腿，雖然依帆已經說明牠的後腳無力，然而，實際狀況比她想像的還嚴重；Julia 嚇了一大跳，驚慌的上前攙扶，「不用不用，這樣就好。」但 Ohara 累了還是會趴下，再度起身時，

Julia得先抬起牠的屁股，讓身體的重量分散於四隻腳才站得穩。

　　Julia很心疼，若不收養，以導盲犬的收養程序來看，還要經歷一連串到其他家庭試住、試帶等不確定因素的折磨，就像Onor一樣，心理壓力可想而知；於是她用商量的語氣問拔拔：「我們可不可以考慮收養歐拉拉？」並坦言，Ohara的出現讓她再度對導盲犬敞開心扉，而且第一眼就愛上了牠。

　　生命是矛盾的，有時你以為自己不想要的，事實上卻是最需要的。

　　拔拔有自己的事業，喜歡過悠遊自在的生活，他曾說：「我是個自私的人，不喜歡有壓力的日子，一旦養狗，或多或少有壓力。」但養了Onor之後，他改觀了，「我覺得退休的導盲犬性情溫馴、規矩好、有教養，增添許多生活樂趣。」所以對太太的提議，他俏皮的回答：「歐拉拉這麼乖，怎麼能不收養呢？」

　　Julia興奮之情溢於言表，馬上在部落格宣布——「我又當媽了！」一位網友留言，「你之前養個『女』兒（Onor是母狗），現在養了個兒『子』（Ohara是公狗），兩個湊起來是個『好』字，這應該是上天送給你的人生禮物。」

　　Julia對「兒子」有很多暱稱，叫牠歐拉、歐拉拉、歐小子、臭小

子、兒子、阿狗仔……極少叫牠本名Ohara，用意是不讓老天爺知道牠在那裡；還有，歷經Onor病危過世後，她變得迷信了。「我不再幫兒子過生日，免得提醒老天爺把牠帶回去；Onor就是幫牠過了十歲生日，結果不到三個月就走了，那一次還是擴大慶生呢！唉！」Ohara從宜蘭轉到台中是在三一一日本大海嘯那幾天，「我就用來我家的日期當慶祝的日子，畢竟是隻上了年紀的老狗，人家說，狗狗老了，還是不要過生日比較好。」

　　入夜之後的台中天氣涼爽，微風徐徐，夫妻倆帶著Ohara到附近公園散步，好一幅溫馨的全家福；不過Ohara體弱且後腿無力，一家三口只繞公園一圈就打道回府。

　　這一晚Ohara便祕，不肯上廁所，睡覺時間到了則趴在客廳的地板上，任Julia怎麼請、怎麼勸、怎麼苦口婆心，牠都不為所動；Julia只好打電話問依帆，「Ohara平常是睡客廳還是臥房？」依帆說是跟他們睡在房間裡，但兩人談論此事時都覺得，Ohara尚未適應新環境，應該不需過度緊張。

　　Julia當天也晚睡，一直待在客廳陪著牠。她當時正在上園藝治療師認證課程，打算考執照，老師要求他們用「綠泉插花」當主題，題目是

「我的家庭，滿滿的愛」；她感性的對 Ohara 說：「兒子，希望你把這裡當成自己的家，這裡有滿滿的愛，簡單的幸福，你安心的、放心的，愛躺哪兒就躺哪兒，隨便你怎麼耍賴都行。」

/ Ohara 的退休
新生活

　　Julia 家人口簡單，就夫妻倆而已，現在多了個新成員，家裡變得熱鬧許多。

　　她趁大晴天把之前清洗過有關 Onor 的玩具、被單、毯子……拿到陽台曬；經過一天的高溫日照，收起來時還聞得到被陽光烘得酥酥香香的味道呢！這些都要移交給 Ohara 了。

　　Ohara 的日常用品很可觀，光是床就有三張：一張是夏天用的「涼涼床」，一張是冬天用的「粉紅床」，它們分別放在主臥房的兩側；第三張類似行軍床，放在拔拔的書房，以便牠白天隨時進去隨時休息。其中的「粉紅床」是 Onor 留下來的，Julia 指著牆上的照片對著 Ohara 說：「中國人說論輩不論歲，雖然 Onor 是你學妹，但在這個家，你要叫牠『姐姐』，摘某（台語）？」

　　新家比宜蘭小，Ohara 仍暢行無阻，牠常在各個房間晃來晃去，這裡瞇一下，那裡打個盹。Julia 很重視 Ohara 的安全，家中的走道鋪有一

Ohara 的退休新生活

層防滑腳踏墊，避免因地板太滑或重心不穩而跌倒。Ohara 最喜歡的位置就在腳踏墊上，這個角度可以同時看到麻麻跟拔拔的書房，他們開玩笑的說：「歐拉拉根本就是想監視我們，如果要出門還得經過牠那一關呢！」

Ohara 的生活很規律，早上跟著拔拔起床，拔拔進浴室刷牙洗臉時，牠就趴在浴室門前看；幾分鐘後會回到臥房，頂頂麻麻的手，把麻麻弄醒，有時還掀她的被子呢！直到浴室傳來拔拔刮鬍刀的聲音，牠又立即返回浴室門前，等拔拔梳洗完畢，才一起到客廳吃早餐；而專心刮鬍子的拔拔都還以為 Ohara 從頭至尾都趴在浴室門前等他，完全不曉得那對母子剛剛發生的事呢！

十一點多，麻麻固定帶牠外出上廁所，回來後吃點心；牠的點心多半是半根潔牙骨，接著躺在地上睡午覺。三點半，麻麻則帶牠到公園散步，五點多吃晚餐……晚上則跟著拔拔麻麻看電視，不想看時，牠會把頭靠在他們的大腿上；在 Ohara 到台中初期，牠這副輕鬆自在的模樣，著實讓 Julia 安心不少，「這顯示歐拉拉已經把這裡當自己的家了。」

不過醫生審視 Ohara 的作息，擔心牠晚餐到隔天空腹時間太久，可能導致反胃，建議外加一餐，於是八點多了一份以半根小黃瓜和四分之

一顆的蘋果或牛肉為主的宵夜，並餵牠吃一顆魚肝油。

　　準備就寢前，Ohara 會用雙腳「整床」，把毯子弄成一團類似枕頭的樣子，再以舒服的姿勢趴著睡。

　　睡前，Ohara 的習慣可說五花八門。牠會叼著抱枕找麻麻玩搶枕頭的遊戲，直到贏了才肯罷休；牠也會把玩具放在拔拔旁邊，如果拔拔伸手先拿到玩具，Ohara 會作勢咬回來，發出「啊、啊」的叫聲；有一次玩得太 high 了，牠使勁全力吼出來，「汪」的一聲，居然被自己嚇著，東張西望，察看是哪裡冒出來的聲音，在一旁的麻麻和拔拔看到這一幕，簡直笑翻了。

　　事情還沒結束，睡前還要來個「晚點名」喔！原本牠只是拉長脖子觀察主人睡了沒，卻認真過頭，意外演變成拔拔麻麻自動幫牠晚點名的慣例：Julia 說 1、拔拔說 2、兩人一起指著 Ohara 說 3，Ohara 看大家都到齊了，安心了，倒頭就睡。

　　動物醫生說，狗狗睡前點名是因為牠喜歡家庭，因為很多狗基本上都認為自己是管家，即使牠半夜起來都一定要看家人在幹嘛，誰在不在。

　　不過入睡之後的 Ohara 並不安寧，牠常常會出聲，最常發出的是打

 Ohara 的退休新生活

呼聲，還有兩腳一直蹬（跑），有時蹬到床，有時蹬到牆，有時蹬到門板，有時刮地板，聲音大到夫妻倆都被牠吵醒好幾次，「我們不知道牠在夢中是追兔子還是游泳？」拔拔猜，該是夢到關於「跑」的事，因為牠喜歡玩追逐遊戲，那是牠覺得白天最有趣的事，大概「日有所思，夜

有所夢」吧！

此外，Ohara也常在半夜大便，牠來的前幾天，幾度干擾他們的睡眠，睡在床邊的Julia一聞到異味，剛開始還馬上處理；後來夫妻倆養成一種習慣，睡前互問對方，「兒子今天有沒有『卡卡』？」卡卡是美國小孩講大便的意思（Pee是尿尿），Ohara平均一天「卡卡」兩三次，如果白天只「卡卡」一次，表示晚上要有心理準備了。

但醫生覺得這樣太辛苦了，建議他們為Ohara包尿布，但Julia覺得狗狗睡覺包尿布不舒服，而且此舉對自尊心很強的Ohara可能有損顏面，他們先做折衷選擇，在床鋪下另外放一條毛巾，若牠在晚上大便，隔天只要洗毛巾即可（後來則改成平鋪式尿布了）。

有一次Julia帶Ohara到醫院針灸，醫生問她Ohara晚上便便的情形，Julia說：「我習慣啦！聞到了就會自動醒來。」醫生不解，「你是習慣牠便便在床上嗎？」Julia說：「不是，我是習慣便便跟我共處一室，我逐漸熟悉那個味道，已經培養『忍功』，半夜起來兩三次是很正常的事，如果睡到不省人事就隔天再處理囉！」

事實上，Ohara到Julia家的第二天就在家裡大便了。那天牠滿臉慚愧，不知所措，沒想到牠後來甚至直接吃掉大便，以掩飾自己的罪惡；

因為導盲犬的教育是不可以在家裡便便或尿尿的，牠知道那是不對的行為。

　　那一次拔拔麻麻來不及阻止，只好默默清理，不當作一回事，清理完畢後各做各的事，目的是讓 Ohara 了解在家便便或尿尿，麻麻和拔拔不會有什麼反應；後來當 Ohara 又在客廳大便並意圖吃下它時，Julia 馬上制止，大聲說 NO，讓牠知道麻麻不喜歡牠吃大便這行為，Ohara 沒吃，低頭轉身離開，這時 Julia 上前安慰牠說：「Good Boy！」此舉不是鼓勵牠在客廳大便，而是希望牠接受自己年老的事實，同時讓牠知道，退休後，尤其年紀越來越大，有很多生活習慣會改變，變得跟牠們以前所受的訓練相違背，所以麻麻不會以導盲犬的標準要求牠，而是想進一步協助牠調適心情，幫助牠生活得更愉快……Ohara 似乎懂了，臉上的表情柔和許多；甚至麻麻在牠大便後還主動抱牠到沙發上坐呢，以行動證明她真的不在乎牠在屋裡大便這件事。

　　不過，Ohara 在家裡發生的任何事情麻麻都可以處理，在外頭就尷尬了。有一天麻麻帶牠外出散步，過馬路時，牠走到中間突然蹲下來大便了，Julia 知道這是老狗無法自制的一種反應，於是她一邊看著兒子大便，一邊揮手擋住來往的車輛，路上喇叭聲四起，要他們讓路，Julia 拱

手拜託，「對不起，請等一下！」她已有心理準備，今後要照顧一隻器官退化的老狗了。

Ohara的事安置妥當後，依帆和威廉才把整件事情的來龍去脈告訴國瑞。

依帆頻頻向國瑞道歉，國瑞安慰她沒關係，「不喜歡狗的人的確會對牠們做出極端的反應，這種事連我自己都遇過。」

國瑞對Ohara被迫離開宜蘭的反應頗為複雜，一來心疼牠的委屈，二來得知新主人是Julia時卻很欣慰（甚至無比興奮），因為Julia在圈內風評頗佳，堪稱楷模，國瑞早就聽聞她過去如何費心照顧Onor，「我朋友曾用『偉大』形容Julia，說她是大好人。」所以對於他們的「先斬後奏」反而感激，「因為這一次我沒有『痛』到，還覺得Ohara非常幸運呢！」

一個禮拜之後，國瑞赴台中探望Ohara。

那是個天氣晴朗、微風拂人的四月天。國瑞喜歡台中的天氣，相較於淡水和宜蘭多雨的氣候，台中更適合養老。

Julia夫婦很好客，特地開半小時的車到高鐵站等候，對他們來說：「兒子」的主人當然是貴賓囉！

 Ohara 的退休新生活

　　Julia 為了讓國瑞實際了解住家格局，先是口頭描述家裡的陳設和方位，再帶他進每一個房間，摸 Ohara 的床、水壺、玩具，還有 Ohara 最愛躺的位置；接著兩夫妻迫不及待的敘述 Ohara 在這兒發生的趣事。

　　Julia 笑說，他們當過寄養家庭和收養家庭，所有的狗都黏她，唯獨 Ohara 例外，打從牠進這個家就黏拔拔，因為聰明的牠很快就發現跟著拔拔有零食吃；拔拔很得意（因為以前的狗都不太理他），常以此炫耀自己的魅力。而拔拔對 Ohara 的確比較偏心，買給牠吃的飼料和用的物品都比以前給 Onor 的貴。

　　Ohara 幾乎每時每刻都跟主人在一起，彼此關係很密切，就連他們吃東西，Ohara 都會上前關切，流露出「你們吃什麼？」的表情，下一個步驟就是走上前聞，每一次都這樣；他們只好在吃東西之前主動把食物拿到牠面前讓牠聞一遍，開玩笑的問：「我們可以吃了嗎？」Ohara 不再出聲，他們猜想已經得到「批准」，才敢用餐。

　　晚餐後，Ohara 會拿牠心愛的長頸鹿玩具到拔拔跟前，暗示陪牠玩；拔拔興致勃勃，Julia 卻不准，想拿走長頸鹿，但 Ohara 緊咬不放，叼著它往客廳跑，那氣喘吁吁的模樣似乎在說：「吼，還好沒被麻麻搶走。」麻麻警告拔拔，Ohara 剛吃完飯就玩劇烈的遊戲，容易導致「胃扭轉」……

拔拔趁機向國瑞告狀，「為了歐拉拉，我每天被太太海念一頓。」

Julia 常開車帶 Ohara 外出，但因為牠的腿無法自行跳上車，不管上車或下車都需要麻麻抱抱，Julia抱怨：「兒子啊，麻麻可能抱不動耶，不然我得多吃點『護腰』食品才行囉！」拔拔心疼麻麻，擔心她抱上抱下會閃到腰，決定為 Ohara 特製一個專用階梯。

他買了一個三尺長的鋁梯，切掉固定的鉸鍊，讓梯子分開；再買兩片木板，裁切成與梯子相同大小，把木板固定在梯子上，並掛上防滑地毯，加裝固定間隔的木材……在正式架在車子前，先給 Ohara 試走，他將梯子整個平放在地上，帶Ohara先走個幾遍，讓 Ohara 熟悉一下這個「怪東西」，然後找一個坡度較小的地方，帶 Ohara 試走，走順了，才正式架到後車廂。

國瑞了解 Ohara 的生活概況後很開心，直說：「Ohara 有福了！」

Julia 告訴國瑞，他們夫妻既然已經收養了 Ohara，希望名正言順的跟「惠光導盲犬基金會」簽約。國瑞同意將簽字放棄 Ohara 的收養權，新主人 Julia 完成法律程序後，就可成為合法的收養家庭了。

國瑞除了表達對 Julia 的謝意與敬意之外，還很好奇 Julia 的想法。她這幾年的生活重心都在照顧退休的導盲犬，但「退休導盲犬」意味著

牠們的身體機能和體力已經嚴重衰退,壽命只有短暫的幾年,跟狗相處到最後總是以悲傷了結;一旦導盲犬走了,他們的心情立刻陷入低迷,要過好一陣子才能恢復生氣,送走一個來一個,又走一個,可以想見,她得重複在哀傷的氣氛中。

國瑞很好奇,為什麼Julia會選擇走這一條艱辛的路?

Julia 說:「導盲犬把自己的黃金歲月奉獻給視障者,牠們老了,如果選擇了我們,那該是輪到我們盡一點心力的時候了,我希望牠們退休後能安享晚年,開心的玩、放心的耍賴、調皮搗蛋都沒關係;我們不去想彼此相處時間是長是短,只求彼此沒有遺憾。」Julia 會在Ohara 生命之燭燒盡之前守護牠,「這是我唯一能做的;如果牠走了,表示緣分已盡。」

午夜夢迴,國瑞常想起收養家庭的愛心。一對陌生的夫妻願意獻出摯愛,照顧Ohara 的餘生,這是深情還是人類對導盲犬的一種回饋?

/ 新主人，
你在忙什麼？

　　台中的發展快速，市中心開了一家「寵物自助澡堂＆複合式咖啡館」，該店備有停車場，附近有公園，店門口有一塊讓狗狗跑跳、曬太陽的草地，澡堂緊鄰咖啡廳，全是透明玻璃，自助洗完畢後可在那兒喝杯飲料。

　　該店最炫的項目是「寵物SPA牛奶按摩浴缸」，聽說有超微細活氧氣泡，具備奈米水分子（皮膚保濕、去角質、促進新陳代謝）、高含氧（降低水中含氯量90％以上、消除疲勞、深層清潔）、負離子（增加皮膚血液含氧量、抗老化、增加免疫力）……等，頗具吸引力。

　　Julia看到這家店的第一個念頭就是讓Ohara試試，但要泡寵物按摩浴缸，必須由美容師幫狗狗洗，這使Julia陷入天人交戰；因為她曾目睹美容師在澡間打狗，只因狗狗不好好站著而已，卻被摑了一巴掌，這個畫面深深烙印在她腦海。

　　美容師了解Julia的疑慮，建議她，「你不妨站在旁邊看，順便監

督我啊！」雖然美容師的建議很棒，但Julia的疑慮尚未解除：「我家的狗年紀大，不方便久站，可能洗到一半就站不住，你可以遷就牠，等牠站起來時趕快洗屁股、後腿這些部位嗎？」美容師說：「可以。」還有，「牠便便的時間不固定，有可能洗澡洗到一半會便便，你可以配合牠嗎？」美容師說：「沒問題。」於是，Julia就站在旁邊看著美容師幫Ohara洗澡。

　　第一次沖洗時，美容師一邊沖水還一邊幫Ohara按摩，Ohara的表情看來挺舒服的樣子；當Ohara站立的時候，美容師真的就照Julia說的，趕快洗屁股、後腿、尾巴；第二次沖水時，Ohara有點站不住了，她就一隻手扶著屁股，由另一隻手沖洗；洗到一半，Ohara果真便便了，美容師不慌不忙立刻撿起來⋯⋯Julia看得非常滿意。

　　沖洗完畢，下一個步驟是到另一邊的按摩浴缸洗「牛奶泡泡浴」囉！Ohara一邊泡澡，美容師還一邊用水沖上半身沒有泡在水裡的部分，沖水時，真的有好多廢毛及黑黑的汙垢浮在水上呢！

　　結束泡泡浴，第三個步驟是回到澡堂吹乾。這時Julia又提出另一個要求，「不要進烘箱，吹乾就好，吹半乾也行，因為我對烘箱沒有安全感。」

　　第四個步驟是修毛，這位非常有耐心的美容師則遷就Ohara的姿勢

幫牠修剪耳朵毛及腳底毛，最後將牠抱下浴缸，Ohara 心滿意足的走向麻麻。Julia 問：「歐拉拉，真有這麼開心嗎？」牠在澡間跑跑跳跳的，還猛搖尾巴，好像在回應麻麻，「我很喜歡這位小姐喔！」

當天花了八百元的洗澡費及九百元的 SPA 費用，開幕期間打 9 折，看到兒子舒服享受的樣子，Julia 覺得這價格還滿划算的。

Ohara 頗有人緣，走到哪兒都受歡迎。Julia 說，牠來沒多久，就有人上門認乾兒子了，滿月時，牠的乾媽還買了五斤油飯要她分送親朋好友，外加雞腿和紅蛋喔！Julia 開心的說：「是兒子啊，當然要吃油飯和雞腿囉！」

Julia 對待女兒和兒子都很公平，既然以前為女兒寫部落格，兒子也不能例外，她在同個部落格裡詳細記錄了 Ohara 的生活點滴；沒想到兒子是隻明星狗，粉絲超多，迴響熱烈。Julia 帶牠出門，常聽到有人喊「Ohara！」或者竊竊私語，「好像是牠耶，Ohara 呀！」更有網友直截了當地問：「Ohara 現在幾公斤？」「怎麼那麼瘦？」「你要多給牠吃一些澱粉類的食物喔！」「牠走路時你要特別注意牠的髖關節！」Julia 開玩笑的說：「我突然覺得多了很多婆婆，壓力好大啊！」

Ohara 的確很瘦，剛到台中時體重只有二十五點八公斤，在 Julia 悉

心照顧之下，一個月後體重上升二點五公斤，達二十八點三公斤，不過由於後腳沒力，四隻腳靠三隻腳拖著走。Julia 特地帶牠到動物醫院照了 X 光、髖關節和脊椎等檢查，結果發現 Ohara 患有「退化性關節炎」，可能是「脊椎神經壓迫」或是「脊椎腫瘤」，醫生認為針灸可以緩和腳傷並減輕疼痛，排定每週二下午為牠治療。

被抱上後車廂，準備去看醫生的 Ohara。

　　為Ohara針灸的是Julia經過精挑細選的羅醫生，他擁有中、西醫雙修學位，是個仔細貼心的好人。他們曾討論要不要為Ohara洗牙（不是刷牙喔）這件事，但為狗狗洗牙需要全身麻醉（有風險），羅醫生當時對Ohara不夠了解，希望過一陣子再決定；他考慮得如此周詳，博得Julia的信任。

　　Julia帶Ohara上動物醫院的心情是愉悅的，任何幫助Ohara病情轉好的醫療或方法都令她高興。

　　這一天動物醫院來了兩隻病情非常嚴重的狗，氣氛有點糟。其中一隻皮開肉綻，全身一半以上的面積沾滿血漬，彷彿剛經歷一場大災難，牠一邊跳一邊唉唉叫，主人痛苦不堪；另一隻也不遑多讓，整個身體開膛破肚，不斷傳出喘氣和呻吟，狗主人急著告訴醫生發生了什麼事，但由於情緒過於激動，說的每個字都黏在一起，沒人聽懂他的狗到底怎麼了……在場的人不是摀住嘴巴就是閉上眼睛，不忍卒睹；醫院的兩個主要醫生都放下手上的工作，先緊急處理這兩件突發狀況，Julia同意延後為Ohara針灸。

　　醫院顯得異常忙碌、嘈雜，只有躺在診療室外的Ohara這角落寧靜些。Julia沒多過問兩隻狗的事，她的心思全放在Ohara身上，不停的撫

摸牠，「醫生在忙，我們要等一等喔！」

　　約莫半小時後，護士走過來，為躺在地毯上的 Ohara 先照射紅外線，接著羅醫生來了，他用酒精在 Ohara 腿部擦拭，再插針，大約扎了二十幾針；Ohara 嗚咽一下，一直陪在身邊的 Julia 安撫著牠，「沒事沒事，一下就好，寶貝乖喔！」醫生對 Julia 解釋，他使用雷射和電針針灸，前者可以快速止痛，後者是讓效果持久。Julia 點頭致意，謝謝他的講解，同時拿出零食給 Ohara 吃，以分散牠的注意力；因為醫生說，狗狗越放鬆，效果越好。

　　儘管 Julia 對 Ohara 的照顧無微不至，她還是擔心有不足之處，「我不放心歐拉的病情，可不可以再安排其他詳細的檢查，畢竟老狗的問題一定比較多。」於是羅醫生幫牠安排到台大繼續追蹤。

　　台大的醫生是當時台灣唯一的神經外科醫生，她察看 Ohara 的行為紀錄後認為，若要徹底了解病況，應做核磁共振攝影、腦脊髓液採樣等檢查；但以 Ohara 十四歲的高齡要做這些檢查有很大的風險，要 Julia 考慮清楚。Julia 回到台中與羅醫生討論過後認為，若現在沒有急迫性，「依日前的狀況，中西藥輪流使用，每週針灸，保持少量多次的散步，讓牠身心舒暢就夠了，不建議讓 Ohara 冒這風險；現在的當務之急是培

養體力。」Julia猛點頭，深感同意。

這次北上，Julia夫婦還順道去拜訪Ohara的「老朋友」杜白醫生。Ohara一見到杜醫生，開心得不得了，整顆心都飛了起來，不斷撲向他；牠在診所跑跑跳跳的，彷彿到了遊樂場所，玩累了就趴在地上，一

Ohara與牠的好朋友杜白醫師。

腳跨在杜醫生的大腿上。不過大人們主要還是談 Ohara 的病情，杜醫生
教了他們一些按摩手法，據說這方法非常有效。拔拔答應，以後每晚都
會幫牠按摩。

閒聊中，Julia 說：「歐拉一切都很好，每天黏著我撒嬌，像個小朋
友一樣，外出時還是很愛到處去探險呢！」杜醫生哈哈大笑，這的確是
Ohara 的個性。

離開前，他們有「不正式」的約定，Julia 夫婦同意，只要北上，都
能帶 Ohara 到他的動物中心，讓彼此有機會碰面。

Ohara 狀況好轉後，酷愛戶外活動的 Julia 夫婦，開始帶牠去遊山玩水。

盛夏，他們來到墾丁，第二天一清早，麻麻帶著 Ohara 到海邊踏
浪，她身上背著相機，想拍下 Ohara 在沙灘上的大腳印，怎知 Ohara 一
直在沙灘上「暴走」，腳印被自己踩得亂七八糟；接著來到熟悉的香
蕉灣礁岩區，當下沒有太陽，很涼爽，Ohara 將腳泡在冰冰涼涼的海水
裡，好消暑啊！

Ohara 很喜歡這裡，居然悄悄地往礁岩外海區走去，麻麻看到了在
後面大聲問：「你想去哪裡啊？」或許只是離開麻麻視線一秒鐘都開心
的 Ohara 又想自己去探險了；但礁岩區外就是大海了，麻麻不放心，心

想：「我又不會游泳，怎麼抓你回來呢？」於是快快將 Ohara 帶回礁岩區內來。

不到三個月，Ohara 和拔拔麻麻度過彼此熟悉和適應的階段後，開始展現牠的個性，例如牠不喜歡點眼藥水，常常在點眼藥水時跟蛇一樣動來動去，不讓麻麻順利點完；刷牙時不像以前那麼乖，而是像小恐龍一樣發出哼哼哼的鼻音表示不滿；刷完牙後，牠又會趴在麻麻的腿上撒嬌……不過，Julia 很開心，因為牠開始展現個性表示已經認同這個家，有安全感了。

暑假期間，Julia 帶 Ohara 到淡水陪朋友參加一項活動，通知了國瑞。那一次國瑞剛好買到無袖的雨衣（大部分的雨衣都有袖子，但 Ohara 不喜歡有袖子的雨衣），就送過去。國瑞說那一家店的 SIZE 很齊全，請牠試穿看看，如果不合身可以馬上換，Julia 立刻幫 Ohara 試穿，「嗯，剛剛好。」

她很滿意，順口問國瑞多少錢，國瑞得意的說，一件五百九，他買兩件，要求老闆算便宜點，老闆很阿沙力，算他兩件一千；沒想到 Julia 竟挑出五百元給國瑞，又怕太見外，就打趣的說：「現在歐拉已經是我的狗了，所以……」國瑞開懷大笑，「我沒想這麼多耶，你家什麼都有

了，我能給Ohara的太有限了，剛好找到你還沒買的，我是很高興自己還能為Ohara做點事；至於牠是你的沒錯啦，也是我的啊！」Julia就不再堅持付錢。

她是個貼心的好麻麻，兒子得到任何幫助她都不忘感謝。國瑞有時忘記拿了什麼給Ohara，總之就是平常的東西，但他總是很快接到Julia的電話，「你送的東西歐拉好喜歡，真的謝謝你。」雖然只是小東西，但從Julia的電話卻得到很大的回饋。

Julia的感染力很強，周圍的人也因她愛Ohara而見賢思齊，例如帶牠上美容院剪毛，老闆都不收錢，說自己比起Julia的長期照顧，這一點優待不算什麼；還有個廠商原本只是贊助項圈給Onor，現在則贊助Ohara所有的商品，同時愛屋及烏贊助給台灣導盲犬協會和惠光導盲犬基金會；而朋友圈有好的玩具都會送給Ohara……大家都想為導盲犬做點事。

過去國瑞曾認為Ohara是「他的」，是他的朋友、親人、生命的一部分；但看到退休後的Ohara過得如此愜意，得到這麼多人的關愛，他已經釋懷。原來這社會存在一個大於自己的力量，默默的、友善的……運作著。

Ohara 的
每日備忘事項

　　六月中下旬，Julia 夫婦要去上海一趟，由於是臨時性的決定，一時半刻找不到 Ohara 的寄宿家庭，於是他們透過協會幫忙，幸運的找到住在南投的暨南大學一對教授夫妻。

　　Julia 寫下了生平第一次狗狗出門「備忘錄」，他們看了直說有趣也很有幫助。

1. 早晚兩餐，放飼料時，不要求 Ohara 坐下等，站著等，說 OK 就行；若是沒吃，就加上手勢比一下碗即可。
2. 尿尿固定 3 至 4 小時一次，盡可能讓牠尿兩次（視其意願而定），但不要逼牠，如果你說 busy、busy 催牠尿的話，牠可能會白你一眼。
3. 便便 1 至 3 次，不固定時間，萬一便便在家裡，請你「漠視」，不處罰不鼓勵，因為牠年紀大了，已經無法好好控制自己，請見諒。
4. 藥就直接放在飼料上，牠會自動吃下去。

5. 餐與餐之間，可以給牠吃水果或零食，現在三十公斤，已到達標準
   體重了。

6. 在外「放風」時，除非你跑得比牠快，要不然不要放開牽繩，因為牠
   常常想「自己去旅行」，耳朵也沒帶出門（或許有一點重聽了）。

7. Ohara 很愛散步，但牠後腿比較沒力，所以少量多次是可以的；若牠
   還想走，就要強迫牠休息（牠可是個固執的老爺爺喔！）。

8. 中、英文指令都會聽，但中文聽得比英文好，還有牠想聽時就會聽。

9. 黃色的衣服是涼涼衣，熱天出門時可以穿起來，用水噴濕有降溫的效
   果，衣服表面乾了，就要補充水分。

10. 牠不太愛喝水，若發現牠水喝得少，就丟 1 至 2 顆飼料在水裡，牠會
    把那碗水順便喝光光（為了吃，牠什麼都願意做）。

11. 睡覺的床要鋪上毛巾，以防牠便便替換用（我有多準備幾條），不用
    幫我洗哦，我帶回家後再一起給洗衣機洗就好，謝謝你。

12. Ohara 貪吃，偷吃的技巧不錯，要小心！

13. 第一晚，可能不會主動跟進房睡覺。快速法：用點小零食帶牠進房。

14. 上車時牠無法自己跳上車，所以⋯⋯小心你的腰；但牠會想跳下車，
    要小心預防，牠的腿已經無法承受那個力量了。

Ohara 的每日備忘事項

15. 愛吃草，吃太多會吐（大概超過 5 根草就會吐了）。

16. 若是受不了牠的口臭，可以幫牠刷牙。

P.S. 萬一發生什麼緊急的事，可以直接打給威廉，他比任何人都了解 Ohara。

　　幾天後，他們從上海返台，兩人在往南投接 Ohara 的路上，心裡想著同樣一件事，「歐拉拉看到我們，會有什麼反應呢？」他們看過 Ohara 歡迎牠喜歡的人的模樣，「看到我們也會那樣嗎？」Julia 心裡還掛著一份不安，「歐拉拉會不會以為牠又要換住宿家庭，以為我們不要牠了？」他們在車上互相討論著。

　　當他們抵達教授夫婦家，當 Ohara 看到拔拔和麻麻時，以他們從來沒看過的熱情撲過去，一直在 Julia 的身上嚕來嚕去，還調皮的轉圈圈，接著轉向拔拔，一個頭栽進他的兩腳之間，頻頻撒嬌；原來他們的擔心都是多餘的。

　　臨別前，Ohara 分別到女主人及男主人的腳側邊磨蹭，很有禮貌的向他們道別，臉上的表情好像說：「謝謝你們這幾天的照顧，我要回家

囉！」

　　拔拔開著車，一家三口高高興興的回台中。不過再過不久，他們將要搬走了。

　　Julia夫婦雖然在台中有房子，但學建築的拔拔一直有個夢想，希望在自己的土地上蓋一棟屬於自己的家。他們在南庄有一塊土地，為了房子外觀的設計，常去找一位有名的園藝師討教事情，當然Ohara也跟著拔拔麻麻一起去，他們是一體的，總是一起行動。

　　Ohara在他們言談中應該知道拔拔麻麻想請這位園藝師幫忙。某日，問題談得差不多，即將離開之際，牠竟跑到園藝師腿上撒嬌，那模樣彷彿在說：「那就麻煩你幫我拔拔麻麻囉！」Julia很驚訝牠這麼善體人意。拔拔猜，或許牠真的想盡一份心力，才用這一招推波助瀾吧！

　　他們的生活逐步轉移到南庄，常常是台中、南庄兩地跑。拔拔麻麻工作時，Ohara就在一旁跟牠的一群朋友玩耍，牠的朋友有兩隻是工作人員的狗，都是拉不拉多犬，其中一隻體型跟歐拉很像。

　　他們做工時會注意歐拉在做什麼，拔拔一直以為在他腳邊的是Ohara，麻麻在遠方工作，從遠處看也以為是；但等她走近才發現不是，她嚇死了，麻煩在場所有的工人幫忙找。

　　還好附近都是田，大概十分鐘左右就被發現了。牠知道自己被抓包的第一個反應居然是哈哈笑，然後轉身想跑給麻麻追；但下一秒就被長草卡住，動不了，才乖乖的跟著麻麻回去。為了避免暴走事件重演，麻麻只好把牠扣在樹下，牠在樹下還是很忙，忙著吃草。

　　在場的工作人員想起剛剛那一幕，忍不住讚嘆：「哇，跑得真快，那表示牠還很年輕啊！」

　　其實 Ohara 已經十四歲了，但對逃跑的遊戲還是樂此不疲。這讓 Julia 想起去年秋末她帶 Ohara 到福壽山農場玩的事。

　　那裡有一大片美麗的波斯菊花海，她以為是很安全的環境，放開了牽繩讓 Ohara 自由的走，誰知道下一秒鐘，牠竟然在花海裡奔跑，天啊！這要是不見了，可是很難找；於是 Julia 只好一邊跑一邊撥開打在臉上的波斯菊，努力追正在暴走中的 Ohara，還好 Julia 腳程夠快，很快就追上。但看牠笑嘻嘻的樣子，一定還是很喜歡被追逐的感覺吧！

　　後來 Julia 想出一套滿足 Ohara 逃跑的妙招，例如帶牠到草地就放開繩子讓牠先跑一小段路再追，讓牠有被追逐的感覺，由於 Ohara 體力大不如前，要追上並不難，「到目前為止，只有一次讓我追不到，差一秒鐘就跳入泥巴池裡。」還有，Ohara 愛吃草，Julia 會趁帶牠到草皮上到

處探險之際,讓牠解解饞,只有在牠吃太多時才會適時阻止。

　　不過,Julia對於歐拉在南庄「大暴走」不但不生氣反而很高興,因為這表示牠還有體力,狗老心不老。隔天,Ohara心情超級好,一臉得意,那樣子彷彿很高興自己「恢復往日雄風」了呢!

/ 愛的另一種方式

　　Julia 夫婦常去南庄的另一個原因是，附近的「苑裡」有個專門為狗狗設計的游泳池，為一對曾經也是導盲犬寄養家庭的夫妻所經營。Ohara除了針灸之外，游泳是協助牠復健最重要的運動，只要穿上救生衣，不需要用力，就可以浮在水面上，達到讓肌肉和關節放鬆的效果。

　　Julia 邀請國瑞帶 Effem 一起去游泳，至於時間最好在非假日，因為假日狗多容易起衝突。國瑞逮個星期五，搭高鐵至台中與 Julia 會合，再由拔拔開車載大家去。

　　以前國瑞到游泳池只是踩踩水或者在岸上跟朋友聊天，一個陪伴者的角色而已；這時候的他上過淡江游泳訓練班的課，不再是旱鴨子了。「現在可以跟 Ohara 一起游泳，參與一個共同喜歡的活動，感覺很過癮。」

　　不過國瑞的泳技不太好，下水後只能摸著 Ohara 的背（游泳池禁止人下去，但當天負責人以特殊狀況允許國瑞下水，僅此一次），由

Ohara 帶領主人游。其實狗狗游狗爬式速度非常快，如果 Ohara 年輕力壯，國瑞的速度絕對跟不上；但 Ohara 的年紀大且後腳較沒力，而國瑞算初學者，游得本來就慢，反而搭配得剛剛好，竟成了最佳組合。

游泳池很大，周圍還有一大片草地，旁邊有斜坡，游泳池深約一百一十公分，他們游上岸就坐在草地上聊天。

Julia 說，以前帶 Onor 游泳時，由於 Onor 是短毛犬，游泳結束擦拭一下毛就乾了，但其他長毛犬的主人就很辛苦，要用吹風機吹毛，一吹就超過一小時，「我常常取笑人家，像我們家 Onor 就不會讓我這麼累！」沒想到換成帶 Ohara 這隻長毛犬後，游完泳她得吹一個多小時的毛，這下換別的家庭取笑她了，「唉，這叫現世報啊！」

這一趟來，國瑞特地買一些起司條的零食討好 Ohara，因為 Ohara 變成寵物犬後，以前的零食不再吸引牠，過去只要給牠吃蔬菜口味的潔牙骨牠就愛得不得了，「牠現在好命了，變得很挑食，都吃『山珍海味』，例如水煮牛肉。」

兩位主人談到 Ohara 時，發現彼此很多看法都雷同，例如逃跑、乞討和偷竊食物。

Julia 則說，「牠想吃東西時，會先看看零食櫃再看看我，然後看回

零食櫃，以這種方式暗示我 ── 該發零食了。」她常下廚，Ohara 就會到廚房「盧」她，要麻麻找東西給牠吃；不然就趴在廚房外等晚餐，監督麻麻做菜，看看有沒有掉下來的食物可以吃。國瑞說 Ohara 小時候就

這樣；牠還是幼犬時，會和寄養家庭的好朋友（一隻貓）在廚房找東西吃，國瑞不會下廚，所以 Ohara 的這項本能可能藏起來了。

不過，家有家規，Julia 規定廚房外的地毯代表底線，Ohara 可以趴在上面但不能超出底線，如果牠的腳伸出來，Julia 會說 Out，要牠縮回去；Ohara 很聰明，腳縮在地毯上但頭探出來，或者直接把地毯往前推……總之就是想挑戰規矩卻不想犯規；而麻麻一定會把地毯放回原位，「我每天都要做這些重複動作。」

有一次拔拔用吸塵器吸地板，發現廚房的毛跟客廳的毛一樣多，Julia 猜，一定是他們外出時，Ohara 跑到廚房裡，兩夫妻揣摩牠的想法或許是，「你們平常不讓我進廚房，好，聽你們的，現在你們不在，我偏要進去，怎樣？」

Ohara 真的非常貪吃。Julia 夫婦曾帶他們到一個開幼稚園的寄養家庭的庭院烤肉，由於 Ohara 已經是寵物犬了，所以那位朋友特地準備一些沒有醃漬的「原味」牛肉給 Ohara 吃；國瑞則在一旁吃蓮霧，這時 Ohara 走過去跟他要，「我嚇了一跳，一時之間轉不過來，腦子閃過一個疑問，『你可以吃嗎？』我以前從不給牠吃人吃的東西，但牠的身分不再是導盲犬了，看到其他人都給了，還是餵牠一小口；那一剎那感覺

很妙啊！因為我終於可以把Ohara當寵物狗餵食了。」

　　後來Julia幫忙收拾東西時，將Ohara先交給國瑞看管，但當Julia將東西拿進去時，Ohara站了起來，她不知道發生了什麼事，問國瑞：「怎麼了？」國瑞說，「你一離開，Ohara就往你離開的方向一直看著。」Julia的個性很直，問國瑞：「那你會難過嗎？」

　　不過Julia一問完就後悔了，因為這種感覺她曾經有過。在收養Onor時，拔拔去國外工作，她有時得當空中飛人，只好將Onor交給牠的乾媽照顧。有一次，她的車和乾媽的車並排停時，Onor竟然選擇上了乾媽的車，「我當時感觸很深，也有點難過，這種心情很難與圈外人分享，沒有過這種經驗的人很難理解，但國瑞一定懂……」而她卻犯了不該犯的錯，有點愧疚。

　　沒想到國瑞根本不在意，他說：「你別想太多，只要牠快樂，我就快樂了。」

　　那一次的經驗讓Ohara對那塊牛肉回味無窮。隔天，他們經過鄰居家，剛好他們在烤牛肉，Ohara就主動湊過去，竟然停住不肯走，非得吃一塊牛肉不可，Julia一直拜託牠，「走啦！走啦！很丟臉咧！」Ohara勉強離開，邊走邊回頭看，不一會兒乾脆掉頭走回烤牛肉架前，

愛的另一種方式

鄰居媽媽笑到眼淚飆出來，「那就請牠吃一塊牛肉吧！」Julia 說：「不行，老狗要控制體重啦！」最後只好用雙手把牠抱起來，直接抱回家。

國瑞說，他常被問到 Ohara 的近況和去處，他都開玩笑的回答：「Ohara 現在在有錢人家過好日子哩！」

這一次見面，國瑞有兩個大發現。一是發現 Ohara 超愛 Julia，Julia 說的確如此，「Ohara 很黏人，我走到哪牠就跟到哪，我洗澡牠就在浴室門口等，像小朋友一樣。」Ohara 不再黏國瑞，代表牠很喜歡現在的生活，牠走路總是昂首闊步，猛搖尾巴，似乎告訴國瑞，「我過得很快樂呢！」

其次是發現 Effem 很喜歡跟 Ohara 競爭，有 Ohara 在的場合 Effem 就表現得很特別，例如 Effem 原本就愛撒嬌，如果 Ohara 在場，牠會搶到國瑞身邊，撒嬌得更厲害；又如 Effem 平常不是那麼愛喝水，可是看到 Ohara 喝水，牠就喝得特別起勁。兩隻狗好像在比賽，有點類似小朋友平常不愛玩玩具，一旦有其他小朋友搶就特別愛玩一樣。

後來拔拔湊過來，拿一大碗的水給兩隻狗喝，但大部分都被 Effem 喝掉，國瑞幽默的說，Effem 一定覺得剛剛的比較大碗，拔拔聽不懂，Julia 反應快，「他指的『大碗』是指『游泳池』那一碗啦！」

游泳池旁有一片草坪，大夥轉移陣地一起到那兒玩。

Julia謹慎的牽著Ohara，國瑞帶著Effem，但Effem完全忘記Ohara是一隻老狗，一股勁撲過去，牠喜歡玩撲來撲去的遊戲，不過此舉太激烈，對年老的Ohara頗具壓力，國瑞立刻拉回Effem，並叱喝牠不准對老大哥不禮貌，兩隻狗只好三不五時碰碰對方，小玩幾下。

四周無風，一片靜謐，林木參差掩映，偶有鳥鳴，兩家都享受了美好的午後時光。不過那天雖然不是假日，仍有其他人來游泳。

其中一位是收養流浪犬的朋友，她之前對於國瑞沒有親自撫養Ohara而交由Julia收養頗不諒解；她覺得Ohara照顧國瑞這麼久，老了更需要主人照顧，怎麼捨得送走呢？

但她看到國瑞下池邊陪Ohara游泳還有跟Ohara互動這一幕很感動，經由Julia的解釋，才了解視障朋友需要另一隻導盲犬的帶領，不得不分離。她釋懷了，眼淚就流了下來。

不知情的國瑞隱約聽到旁邊窸窸窣窣的聲音，好奇到底怎麼回事？Julia說：「朋友知道你們的故事，哭了。」

與死神拔河的
Ohara

　　二〇一一年底，國瑞上彼拉提斯課之前接到一通 Julia 的電話。電話彼端的聲音微弱又沉重，「Ohara 躺在地上爬不起來了！」血液檢查結果顯示牠的 HCT 指數（血球容積比，指紅血球在血液中所佔的體積，也是貧血或脫水的指標，這項檢驗可以反映紅血球狀態）偏低，為了以防萬一，目前正準備找一些狗狗待命，必要時得輸血⋯⋯

　　國瑞一聽到「輸血」兩個字，心頭一驚。他想起爸爸過世前幾乎天天看驗血報告，那是最重要的數據，如果數字持續下降表示有生命危險；而 Julia 的重心是竭盡所能的想盡各種辦法讓 Ohara 度過眼前這一關。

　　掛斷電話，國瑞的思緒難免往最壞的情況想，幾度精神恍惚。

　　其實這場 HCT 守衛戰已經打了一個多月，目前是現在進行式。

　　話說十月底，Julia 帶 Ohara 到醫院進行每半年的定期健康檢查時發現牠的 HCT 值是 35.1%，比上一次（三月）做的 35.5％低一些；WBC

（白血球）5.20，也比上一次的6.6％低；而脾臟超音波顯示細胞壁旁有鈣化現象……不過，醫生研判是造血功能不佳之故，只需注意，並無立即危險，當天開了一個月的中藥給牠，並叮嚀Julia得維持一週一次的針灸，觀察一個月再看看。

十一月中上旬，Julia與另一隻導盲犬Nicole的收養家庭相約到八卦山出遊，飯後在附近散步時，Ohara走著走著突然「砰」的一聲，一屁股坐在地上，約十分鐘才在她們的攙扶下站起來。回家後，牠就一直趴在同個地方，直到五點晚餐時間到了，麻麻叫牠吃，牠也無動於衷；這對於平日下午四點就守在廚房門口，暗示自己要吃晚餐的Ohara，有如天壤之別，麻麻只好將晚餐端到牠面前，牠吃完又在同一個地方繼續趴著，Julia上前關心，牠竟開始滴尿了。Julia心想不妙，這下可嚴重了。

夫妻倆衝出門買尿布，但回家的路上突然覺得不對勁。依導盲犬的訓練，Ohara不會在家尿尿，一定是憋到忍不住才尿出來。

七點多，麻麻準備抱Ohara下樓，但牠一站起來就尿出來，牠看一下地板，自己也嚇一跳，一臉震驚的模樣，感覺很沮喪。麻麻問牠，「是腳痛痛嗎？」牠沒有反應；再問，「是心裡不舒服嗎？」牠舔一下麻麻的手，表示「是」，麻麻安慰牠說：「沒關係，尿就尿了，麻麻和

拔拔擦一擦就好啦！」走到戶外草地，Ohara 尿出好大一泡尿，麻麻猜得沒錯，果真在憋尿。

當晚，Ohara 睡在放於地板上鋪有尿布的粉紅床上，可能天氣熱的關係，平常會自己站起來走到地板上睡的牠，或許後腳沒力，竟用前腳將自己推出粉紅床到地板上，還很喘的樣子，麻麻立刻量牠的心跳，還好，正常，可能是剛剛移動身體而喘的吧！但這一晚，Ohara 輾轉難眠，麻麻整晚不斷起來查看牠的狀況，這一陣子，Ohara 的一舉一動都讓她心驚膽跳。

隔天，Ohara 幾乎不能走，連坐起來都很困難，麻麻很緊張，打電話給羅醫生（實際情況是把羅醫生從床上挖起來），確定他有門診後，十萬火急的帶牠趕到醫院。

羅醫生聽完 Julia 的說明，先做關節檢查，同時觀察 Ohara 的走路狀況，暫時排除退化性關節炎發作的可能，研判是脊髓神經壓迫或是脊髓腫瘤，抽血結果證實醫生的推測。

這又回到老問題，是否要去台大做脊髓造影、斷層、取脊髓液等侵入檢查才能對症下藥呢？

羅醫生決定採用保守療法，先讓牠服用類固醇，觀察四天；至於

漏尿的問題，有可能是壓迫造成的，他建議少讓 Ohara 走路，改為多抱牠，尿尿時小站一下就好，最好常幫牠按摩後腿肌肉，以減少肌肉的萎縮。

回到家，Ohara 依舊趴著休息，但晚餐時可以走到碗前面吃飯，看來的確是有進步，表示藥用對了。

不過 Julia 連續幾天將 Ohara 抱上抱下的，手臂已經到達極限，連同腰和手腕都很痛。曾經有一次，麻麻先抱著 Ohara 做預備動作，拔拔則從後面用兩隻手臂當支架協助麻麻站起來呢！有人問她，為何不乾脆給拔拔抱呢？Julia 說：「拔拔年紀大，萬一閃到腰，我一下子要照顧兩個，更累。」

她只好上網及打電話向朋友求救，看看誰家有推車可以出借。沒想到隔天「呆呆麻」就把寵物推車、狗狗用輪椅及輔助帶（市價超過兩萬五）提供給 Ohara。「呆呆麻」是當年 Julia 帶 Onor 去上「狗醫生」課程所認識的朋友。Ohara 體弱那幾天，她借的推車還真的派上用場；在 Ohara 不能行走期間，麻麻會帶牠坐上推車出門散散步、吹吹風、曬曬太陽；但不知情的路人見狀還冷言冷語，「這隻狗這麼好命，還用車子推喔！」殊不知牠正受病痛之苦呢！

接下來幾天，Ohara可以站起來走幾步，不必一直抱，只要引導牠上推車即可，這大大減輕他們夫妻身體上的負荷。Julia想到還沒感謝「呆呆麻」呢！於是用簡訊謝謝她出借的工具，「呆呆麻」回訊息時寫道：「不用客氣，這是傳承。這些輔助用具，陪伴呆呆半年多，讓我可以繼續帶著牠四處跑，昨天突然讓我想起呆呆，我覺得有『傳承』才有意義。」

有一天，Julia在大廳的電梯碰到幾個鄰居，他們看到Ohara坐在推車上關心的問：「你家的狗狗怎麼了？」Julia簡短的說明，「牠不太能走，不舒服……」鄰居們紛紛露出愁眉苦臉的表情，Julia一邊掩飾自己難過的心情，還一邊安慰他們：「狗狗老了，自然會這樣啊！」

白天的照顧工作還好，晚上比較麻煩。尤其Ohara常會不由自主的漏尿，Julia得隨時起床換尿布，加上牠大便需要幫忙刺激、擠壓肛門，如果便便出來，整個晚上才好睡。夫妻倆便調整作息，輪換值班：拔拔睡晚上，由麻麻值晚班負責夜裡的尿布更換；隔天早上起床就換手，讓麻麻補眠去……

四天後回診，血檢的所有指數都趨於正常，但HCT值為25.8%，接近輸血的臨界點（HCT標準是37%至55%，低於25%以下就要進行輸

血）。這回重新照脾臟超音波，發現不僅鈣化增多，而且周圍環繞一些不規則狀的不明物體，疑似腫瘤。醫生懷疑有不明原因的出血，可能是血液由尿液或糞便流失，因此取出尿液及糞便做檢驗，但檢查結果並未發現血液；另一個原因可能是造血功能失效，或是新血液生成時，身體以為是舊血，就將它代謝掉。於是醫生建議準備緊急的捐血狗，以備不時之需。

適合捐血的狗以年齡二到五歲、體重二十五公斤以上、HCT 超過55% 者為最佳。

狗狗的血型大略分為三個群組：DEA〔1.1〕、DEA〔1.2〕、DEA〔1（-）〕。

DEA〔1（-）〕很像人類的 O 型，可以捐給所有的狗，另外兩種血型就只能捐給同血型的狗；由於狗沒有血庫，血液交叉比對需要新鮮的血液，所以被捐及捐血的狗最好都要同時在場。

捐血流程是捐血狗須做血檢及四合一（主要檢測心絲蟲症、萊姆病、犬型艾莉希體症、血小板／馬型艾莉希體症四種高危險疾病，只要八分鐘，就可以判讀出結果），在十二小時內與 Ohara 做血液交叉比對，兩者都過關才行。一隻狗一次只能輸出 250 cc. 的血，輸血時間大約

五個小時（不過還得看每隻狗的狀況調整點滴速度）；以 Ohara 的體型需要 750 cc. 才夠，那麼得找三隻狗到台中待命，如此 Ohara 的 HCT 或許可以回到正常值。

離開醫院前，Julia 拿倍補血回家，加到原來的類固醇藥內一起吃，希望增加造血速度，而醫生叮嚀她特別留意 Ohara 的舌頭、下眼瞼、牙齦是否發白？如果是，就很危險，一定要馬上送回醫院。

國瑞下課後回 Julia 電話說：「如果有需要，我可以馬上帶 Effem 坐高鐵下台中捐血，請隨時 Call 我。」對 Julia 來說，危急時每一隻狗狗都要試。

她同時聯絡導盲犬協會的威廉和惠光基金會，萬一需要捐血，希望他們帶台北的導盲犬下來支援，因為協會的狗都有做定期健康檢查，血檢過關機率高，可節省時間。

導盲犬協會很快回覆消息指出，台中有一隻現役、兩隻寄養中的狗可以先做血型配對，萬一不行，再從台北帶其他狗下去；而惠光基金會也可以提供幾隻，當時聯絡結果，要找到三隻狗應該沒問題。

當晚，行動派的 Nicole 麻馬上帶 Nicole 去醫院進行相關檢查，結果 Nicole 的 HCT 56%，血液交叉比對也都過關，於是醫院將牠列為第一順

位捐血狗，協會另一隻在台中的狗排第二。

一個禮拜後，Ohara 再度回診。這一次牠的 HCT 指數已經下降到19.6%──一個讓他們當場跳起來的恐怖數字。醫生緊急幫牠驗血、驗尿、糞檢、心臟超音波、脾臟超音波⋯⋯但一直找不到原因，直到傍晚才在血液抹片中發現些許焦蟲，這時再抽血以「急件」送至實驗室檢驗，但檢驗需兩到三天才會回來，醫生決定打一劑殺蟲針，Ohara 平常打針都沒反應，但打下殺蟲針的剎那間牠縮了一下，還流眼淚呢！看來真的很痛。

這時醫生決定要輸血了，他認為先輸500cc.的血，看能不能讓HCT、HGB、PLT回升一些，而這500cc.最好來自同一隻狗，以免日後產生抗體排斥的機率升高。

由於上一次 Nicole 被列為第一優先狗，所以 Julia 在電話中向 Nicole麻敘述 Ohara 的情況，並詢問她可否一次捐出500cc.給 Ohara；沒想到Nicole 麻還是一口答應，此舉讓當時心急如焚的 Julia 感動不已。

說來他們的運氣很好，一般狗狗的 HCT 降到需要輸血時，通常已經出現吃不下、癱瘓等狀況；而他們在一週前就知曉，因此有機會做準備，所以才能很快找到馬上可以捐血的狗。

　　輸血在「羅大宇動物醫院」的門診間進行。醫院為這兩隻導盲犬挑燈夜戰。輸血前，Nicole得先禁食、禁水，接著醫生在牠的脖子剃毛並麻醉；Ohara部分，則是從血管注射兩針，一針是類固醇，作用是降低免疫，避免排斥；另外是止吐針，用意在保護腸胃。

　　十分鐘後，Nicole完成500cc.的捐血走出手術室，由於麻醉未退，牠竟像喝醉酒般來回走，還一直傻笑哩，大家直誇「好可愛」，看得忍不住大笑。Julia雖然跟大夥一樣臉上掛著笑，但心裡更多的是感激Nicole的義舉。

　　Ohara經過一天一夜才完成輸血，第二天，牙齦轉成粉紅色，看起來精神好很多。讓Ohara「起死回生」的大功臣非Nicole莫屬囉，Julia為了幫Nicole補身，特地邀牠到家裡享用牛肉鮮食餐，「真的謝謝你，因為有你這兩袋血的幫助，我們家歐拉才能恢復得這麼快！」

　　當然也不能忘記羅大宇動物醫院裡所有醫生及護士溫柔又耐心的照顧。這段時間Julia母子頻繁進出動物醫院，有時只是抽個血，醫生們就貼心的「出外診」到Julia車上抽，希望盡量減少狗狗移動的次數，而且慢慢的在Ohara血管加壓一下，再一次抽出血，充分發揮民胞物與的精神，令人感動。

羅醫生每次開出來的藥總是中西合併用藥，而且很複雜：有早晚吃、睡前吃、飯前三小時吃、中西藥間隔一小時吃……等等，拔拔和麻麻為了記住餵藥時間，還設定鬧鐘呢！其中最麻煩的是「飯前三小時吃」，因為換算時間得清晨四點多餵藥；還好 Ohara 把藥當零食，一口嚼嚼嚼的就吞下去……由於羅醫生的診斷用藥及拔拔麻麻的配合，Ohara 終於恢復健康。

Julia 忍不住在部落格張貼「最新消息」，她寫道：「這幾天突然聽到小狗指甲叩叩叩的聲音，接著歐拉就出現在我的書房，可以看到牠再次站起來走路，真的好棒。」

Ohara 恢復體力也恢復調皮本性。有一天早上七點多，牠用鼻子頂麻麻的棉被，希望她起來，麻麻不理，沒想到 Ohara 竟然去頂窗簾，窗簾一拉開，耀眼的陽光透過玻璃窗傾瀉而下，整個房間頓時變得好明亮，麻麻雙眼被刺醒，只好起床陪牠玩—— Ohara 則開心的猛搖尾巴，因為牠贏啦！

又過幾天，Ohara 的乾媽託人從日本帶回「老犬後足用步行補助帶」，是一種裝在狗狗腿上的設備，走在後面的麻麻，只要從上面輕輕的拉著就好，感覺像攙扶牠，那麼狗狗走路就輕鬆了。沒想到麻麻不能

控制 Ohara 行進的方向，每次下樓尿尿，反而是牠帶著麻麻「暴走」，麻麻跟在後面一直跑，這模樣彷彿是主人被老狗整似的——唉，麻麻又輸了。

為了替兒子補血，拔拔定時以川燙牛肉餵給牠吃，每天中午及晚上八點，Ohara 會以明示又暗示的方式告訴他們——吃牛肉的時間到了！即使麻麻在廚房準備餐點，Ohara 一聽到聲音，仍然像以前一樣興致高昂的進去瞧瞧。牠的食慾好，咕嚕咕嚕的，很快就吃完餐點；看到這一幕，夫妻倆放心了，因為觀察 Ohara 是否痊癒的指標就是「食慾」，這也表示牠已經復元了。

不過，歷經這一段時間的折磨，Julia 難免身心俱疲。她忍不住告訴拔拔：「我以後應該不會再收養退休的導盲犬了。」這種心情很複雜，「但絕對不是後悔收養歐拉，更不是不喜歡牠；相反的，隨著相處時間越來越多，彼此越來越熟悉，越來越習慣，就越來越愛牠；實際上，時間是倒數的，每次看到歐拉步履蹣跚，心情就越加沉重。」

其實當退休導盲犬的收養家庭，他們永遠都在做心理準備，但永遠沒準備好。Julia 說：「很多人不敢養寵物不是嫌麻煩，而是過不了跟牠們分開的那一關。」

 與死神拔河的 Ohara

Julia 過得了這一關嗎？

午夜夢迴，她難免會數日子，終究 Ohara 是隻上了年紀的老狗。對於老狗，要幫牠們做的決定太多，而選項實在太少，讓人好無奈。

趁著冬陽溫暖的天氣，Julia 牽著 Ohara 到草皮上散步，沿路小心呵護著，三不五時就是「好帥的歐拉拉！」「我的乖兒子！」「Good Boy！」「你好可愛喔！」沿路念個不停。

Ohara 逛了幾分鐘，Julia 輕聲細語的問：「兒子，可以回家了嗎？」Ohara 似乎還不想回家，她只好依著牠繼續逛，直到牠累了，同意回家，母子倆才慢慢的走回去。

「兒子，未來的路，我們就是要像這樣，慢慢走……慢慢走……」

/ Ohara 教我們的事

　　這場艱辛的HCT守衛戰足足打了一個多月，意外的讓所有愛狗人士和導盲犬發揮集體力量，幫助Ohara度過難關；Julia感激不已，在部落格貼文：「因為你們，Ohara才能恢復健康，我非常感恩，謝謝大家。」

　　歷經這件事，Julia有好多心得要跟朋友們分享。她說：「我常聽到有些使用者捨不得讓狗狗退休，可是導盲犬為視障朋友工作這麼久，應該有資格享受『當寵物的權利』，可以耍賴、可以咬著拖鞋跑給麻麻追、可以跟拔拔玩搶玩具的遊戲……這種畫面在一般家庭來說是再自然不過的事，但退休導盲犬還需要強化才做得出來；一旦狗狗生病，一般主人很快就觀察得到，而收養家庭得經過一段時間相處才會知曉；若導盲犬使用者真為狗狗著想，真的要適度放手。即使狗狗癱瘓了，收養家庭也希望癱瘓之前先與導盲犬培養深厚的感情，那麼照顧起來比較不辛苦；就算狗狗一切安好，一整天都在家裡發呆，也是一種幸福啊！」

 Ohara 教我們的事

　　國瑞很同意 Julia 的看法，當年他也希望 Ohara 退休後有一段愉快悠閒的生活，而且決定讓牠退休時，牠還是能跑能玩的狀態；只是沒想到才短短的一年，牠身體惡化的速度就超乎想像，所以國瑞對 Julia 夫婦感到內疚；因為 Ohara 不是一退休就跟著他們，他們照顧 Ohara 是最辛苦的一段；不過值得慶幸的是，Julia 夫婦給了 Ohara 最好的照顧，而且他們的朋友多，能得到的支援也是最多的。如果可以重來，國瑞的確認為應以「年紀」當作導盲犬退休的重要依據才是。

　　一般拉不拉多犬的平均壽命約十二歲，很多導盲犬在 Ohara 這年齡多死於癌症，壓力是主要原因。導盲犬是壓力非常大的工作，加上牠們執勤時只聽命於主人，一旦從導盲犬退休成一般寵物犬，反而不知道該如何適應，所以免疫系統比較差。依這標準，高齡十四的 Ohara 可以活這麼久，表示收養家庭對牠照顧得非常好，讓牠有適當的宣洩管道和休閒活動，而其他退休導盲犬就沒那麼幸運了。

　　十四歲的 Ohara 老化現象很明顯，牠原本後腿無力，慢慢的連前腿也開始了；常常早上起床還可以自己走，到了晚上就起不了身……Julia 看得心慌，決定通知國瑞，「歐拉用力時會顫抖……」他從 Julia 的口氣聽出不對勁，隔天立刻衝過去。

Ohara看到國瑞來，非常興奮，還打算站起來去門口迎接呢！只是才走幾步就一屁股坐下來；國瑞看到這一幕，完全明瞭是怎麼回事了。

Julia拿出櫻桃招待國瑞，「我洗了一大盤，你可以餵歐拉哦！」說完，兩夫妻就回書房，把客廳和時間都留給他們。

國瑞愛吃櫻桃，他把櫻桃咬成兩半，帶籽的那一半自己吃，另一半給Ohara，就這樣國瑞一口，Ohara一口，吃得好開心；有時Ohara嫌他餵得太慢，還用腳頂他的手叫他快一點呢！

只是為了怕Effem吃醋，也擔心牠會阻礙國瑞跟Ohara的相處，只好把牠扣在桌腳邊。Effem眼看主人跟Ohara這麼親密應該不舒服，所以事後國瑞一直安撫牠，好在Effem沒有鬧情緒，可能心裡覺得很委屈，如此而已。

至於Ohara的病情，其實上一次Julia跟他說Ohara的HCT下降時，他就有心理準備。「我非常信賴Julia，她是全世界最會照顧Ohara的人，我相信她會做最好的處理，我沒有什麼可以擔心的，就全權交給她了。」

不過，Ohara的狀況隨著時間越來越壞，逐漸的，牠的雙腿無法動彈，Ohara一臉疑惑的看著Julia，像是在問：「麻麻，我又怎麼了？」

那一陣子，Julia夫婦根本不必帶牠出門尿尿，因為每次的移動都相當累人，索性準備一堆尿布讓牠更換。

但拔拔認為還是應該帶牠出門，至少趁尿尿時踩踩草地，吹吹風，總比在家好。果然，一踏出家門，牠就高興得不得了，即使亂走亂跳的時間只有短短的三分鐘，牠都可以開心一整天呢！

看到Ohara這麼開心，兩夫妻笑了。

我們人類花在恐懼和擔心的事情上太多了，生命都有抵達終點的一刻，何不學學Ohara，牠連那三分鐘的時間都很開心，那種樂天知命的人生觀，難道不值得學習嗎？

國瑞坦承，當心情很糟時，希望自己是Ohara。他記得有一次很不開心，就對著Ohara訴苦，「你不知道這世界上有些人很壞，你很難想像他有多壞……」Ohara凝神傾聽，聽完後舔一舔他的手，接著叼著玩具要他陪牠玩；那意思彷彿是：「別理那些壞人，我們自己過快樂的日子就好。」即使牠曾有不如意，也是一閃而逝，牠難過的時間不會太長，憂鬱的時候很短，大部分時間很安逸，不像人類常常抓住傷痛不放，導致傷痛越來越深，甚至滿懷憤怒。

的確，導盲犬在許多方面都比人類優越。這十幾年來Ohara教國瑞

最寶貴的一門功課就是「隨遇而安」。牠永遠知道什麼時候做什麼事，怎麼過日子最舒服，比誰都懂得適應環境。例如年輕時狂奔，老了就輕鬆漫步，隨便找一個地方趴下就可以睡，這種「活在當下」的生活態度，也療癒了國瑞的悲傷；當他因分離而難過時，想到Ohara正以悠閒的姿態活著，就放心了。

Ohara的人生哲理不僅影響主人，牠擔任導盲犬「衝鋒陷陣」的角色對視障圈的貢獻也不容抹滅。

國瑞談起颱風天一則跟導盲犬有關的新聞。當天早上下很大雨，下午政府突然決定停班停課，主人搭公車回家時，遇到一位婦人向司機投訴說，「那隻導盲犬有味道」，要求司機開窗；但外頭正下著豪雨，雨水會從窗戶噴入，因而婉拒，婦人繼而要求司機趕牠下車；司機沒理，沒想到那婦人竟在車上大吵大鬧，這時一名學生發動乘客舉手表決，結果乘客一致認為導盲犬沒異味，婦人自知理虧才下車。

這件事讓國瑞感觸頗深，「Ohara剛到台灣時，社會大眾還不了解導盲犬，每一次搭公車都要跟司機吵架，」那是十年前的事；十年間，導盲犬越來越多，Ohara優異的表現常被媒體披露，社會對導盲犬才有進一步的認識，現在竟然有乘客願意站在導盲犬這一邊，這可喜的現象

是Ohara帶來的改變。還有，當初Ohara進餐廳吃飯，國瑞都要跟老闆爭執很久，甚至發生肢體衝突，但國瑞很堅持導盲犬可以進入餐廳，在這堅持下Ohara進去了，在用餐的半小時，牠表現得中規中矩，不管客人或老闆都讚不絕口，他們才慢慢了解導盲犬真的是很棒的狗，「我常常是生氣的進去，愉快的出來。」另外，視障朋友到法院也可以理直氣壯的跟法官說：「法律規定導盲犬可以進來喔！」甚至有一些人因為看到Ohara，而到導盲犬協會當儲備訓練師，包括住在他家附近一個退伍的鄰居。

　　Ohara剛到台灣時，他優異的表現並不顯著，等到導盲犬越來越多，相較之下，牠專業的表現就更為突出，間接提升了整體導盲犬的水準，成為典範。現在導盲犬在台灣有一席之地，Ohara功不可沒。

　　二○一二年七月下旬，Ohara明顯出現抽搐、痙攣、抽筋、顫抖、癲癇、癱瘓、無平衡感、疼痛、糞尿失禁、運動障礙、反射異常……等症狀，於是Julia夫婦開車載Ohara到台北找杜醫生。這消息一傳出，所有關心Ohara的明眼朋友和視障朋友還有導盲犬相關單位的工作人員都前來關心。

　　關心Ohara的人把杜醫生的診所擠得滿滿的，這些朋友像照顧體弱

多病的老人般，有人幫牠按摩、有人端水給牠喝、有人幫忙換尿布、有人擦拭漏在地板上的尿液、有人祈禱牠免於病痛折磨……大家互相安慰，彼此打氣，國瑞對於這壯觀的場面，非常感動。

這應該就是人類想回饋給勞苦功高的Ohara的最後一份禮物吧！

這樣就夠了。

相遇就是一種幸福，這世界上美好的東西永遠不會逝去，Ohara的故事，將是他們一生雋永的回憶。

【尾聲】

Double O 的人生禮物

文／**Julia**（收養家庭女主人）

　　人長大後，最容易失去的是信任與純真，而我們在導盲犬的生命歷程中，重新找回了它們。

　　狗狗是世上最單純的動物，我認識的退休導盲犬 Onor 及 Ohara 更是如此。

　　Onor 和我們相處短短兩年半，從他身上我學會了「信任」。曾有一陣子地震頻傳，網路上大家都在討論著要準備逃生包，裡面除了自己的隨身物品外，還有狗狗的飼料、藥品等等；有天夜裡，Onor 已經熟睡了，穿著睡衣的麻麻背上逃生包，故意把 Onor 叫醒，說了聲：「Onor

come！」快步走向大門，只見 Onor 立即從床上跳了起來，毫不遲疑地快快跑到麻麻身邊來；這一晚我睡得很安穩，因為我知道一旦發生緊急狀況時，只要說一聲「Onor come！」，我們一家子就不會走散，當下我也明白 Onor 對我、對這個家的全然信任。

Ohara 是導盲犬界聲名遠播的老爺爺，他的到來，對我來說更是一連串考驗的開始，既不能待他像導盲幼犬般頻頻提點，如進出門 sit、wait，吃飯前 wait，另一方面也不能讓見多識廣的 Ohara 看扁，進退之間讓我實在為難，真有得學。

聰明的 Ohara 常趁四下無人偷溜進廚房，道高一尺的麻麻則會在佯裝出門後，五秒內又立即開門，逮到現行犯；Ohara 也很會在地上四處找吃的，但真找到食物能入口時，麻麻卻能在第一時間發現，及時制止；某天散步時，還曾識破 Ohara 在想循原路回去找雞腿便當的心思。在經歷過這些事情之後，Ohara 給了麻麻一個肯定的眼神，彷彿是說：「啊，原來你會唷！」那時起，我總算是通過 Ohara 的考驗，可以當他的麻了。

在 Ohara 信任我、愛我的當下，Ohara 也開始恢復他純真的那一面。

251

【尾聲】Double O 的人生禮物

他那聰明的小腦袋瓜常常做出令人又好氣又好笑的事，就像嗑掉了拔拔心愛的盆栽，又或者每天早上用他冰冰的鼻子頂麻麻起床，最出名的當然是他的暴走功力；面對這些，我們一點都不生氣，因為那是他最原本的樣子，Ohara 表現出的放鬆自在，就像在自己家裡一樣，那也是我們想給他的，他知道這是屬於他的家，我們是一家人。

Onor 和 Ohara 帶來更多的朋友，那正是導盲犬「寄養家庭」們。我們因為狗狗而結識，我們都接受到狗狗帶來的人生最美妙的禮物，也彼此陪伴走過生離死別，一起哭過，一起笑過，一起數落著家裡那隻調皮搗蛋的小鬼，像是吃掉皮繩、偷吃白米、咬壞拖鞋、做過壞事後裝無辜的「惡形惡狀」，我們一起學習，一起成長，彼此分享也彼此照顧。

我常想，感謝 Onor 及 Ohara 選擇了我們家，送來美妙的人生禮物，讓我體驗了純真、信任、無止境的愛與分享。

p.155、p.216照片由李之文小姐提供。
p.172、p.175照片由依帆提供。
p.195、p.198、p.212、p.220、p.222、p.223、p.225照片皆由收養家庭女主人Julia提供。

國家圖書館預行編目資料

再見，Ohara／陳芸英著. --初版. --臺北市：寶
瓶文化, 2012.9
面；　公分. --（enjoy；50）
ISBN　978-986-6249-98-3（平裝）

855   101016274

enjoy 050

再見，Ohara

作者／陳芸英

發行人／張寶琴
社長兼總編輯／朱亞君
主編／張純玲・簡伊玲
編輯／賴逸娟・禹鐘月
美術主編／林慧雯
校對／賴逸娟・陳佩伶・呂佳真・陳芸英
企劃副理／蘇靜玲
業務經理／盧金城
財務主任／歐素琪　業務助理／林裕翔
出版者／寶瓶文化事業有限公司
地址／台北市110信義區基隆路一段180號8樓
電話／（02）27494988　傳真／（02）27495072
郵政劃撥／19446403　寶瓶文化事業有限公司
印刷廠／世和印製企業有限公司
總經銷／大和書報圖書股份有限公司　電話／（02）89902588
地址／新北市五股工業區五工五路2號　傳真／（02）22997900
E-mail／aquarius@udngroup.com
版權所有・翻印必究
法律顧問／理律法律事務所陳長文律師、蔣大中律師
如有破損或裝訂錯誤，請寄回本公司更換
著作完成日期／二〇一二年七月
初版一刷日期／二〇一二年九月
初版二刷日期／二〇一二年九月十三日
ISBN／978-986-6249-98-3
定價／三〇〇元

愛書人卡

感謝您熱心的為我們填寫，
對您的意見，我們會認真的加以參考，
希望寶瓶文化推出的每一本書，都能得到您的肯定與永遠的支持。

系列：Enjoy050　　**書名：再見，Ohara**

1. 姓名：＿＿＿＿＿＿＿＿　　性別：□男　□女

2. 生日：＿＿＿＿年＿＿＿＿月＿＿＿＿日

3. 教育程度：□大學以上　□大學　□專科　□高中、高職　□高中職以下

4. 職業：＿＿＿＿＿＿＿＿

5. 聯絡地址：＿＿＿＿＿＿＿＿＿＿＿＿＿＿＿＿＿＿

　　聯絡電話：＿＿＿＿＿＿＿＿＿　　手機：＿＿＿＿＿＿＿＿＿

6. E-mail信箱：＿＿＿＿＿＿＿＿＿＿＿＿＿＿＿＿＿

　　　　　□同意　□不同意　　免費獲得寶瓶文化叢書訊息

7. 購買日期：＿＿＿ 年 ＿＿＿ 月 ＿＿＿日

8. 您得知本書的管道：□報紙／雜誌　□電視／電台　□親友介紹　□逛書店　□網路

　　□傳單／海報　□廣告　□其他

9. 您在哪裡買到本書：□書店，店名＿＿＿＿＿＿　□劃撥　□現場活動　□贈書

　　□網路購書，網站名稱：＿＿＿＿＿＿　　□其他

10. 對本書的建議：（請填代號　1.滿意　2.尚可　3.再改進，請提供意見）

　　內容：＿＿＿＿＿＿＿＿＿＿＿＿＿＿

　　封面：＿＿＿＿＿＿＿＿＿＿＿＿＿＿

　　編排：＿＿＿＿＿＿＿＿＿＿＿＿＿＿

　　其他：＿＿＿＿＿＿＿＿＿＿＿＿＿＿

　　綜合意見：＿＿＿＿＿＿＿＿＿＿＿＿＿＿＿＿

11. 希望我們未來出版哪一類的書籍：＿＿＿＿＿＿＿＿＿＿＿＿＿＿＿

讓文字與書寫的聲音大鳴大放

寶瓶文化事業有限公司

（請沿此虛線剪下）

寶瓶文化事業有限公司　　收

110台北市信義區基隆路一段180號8樓

8F,180 KEELUNG RD.,SEC.1,

TAIPEI.(110)TAIWAN R.O.C.

（請沿虛線對折後寄回，謝謝）